宋四家詞選 詞辨

〔清〕周济 —— 辑撰

石任之 —— 整理

中華書局

图书在版编目（CIP）数据

宋四家词选　词辨/（清）周济辑撰；石任之整理. —北京：中华书局，2022.4
ISBN 978-7-101-15665-2

Ⅰ.宋… Ⅱ.①周…②石… Ⅲ.宋词-选集 Ⅳ.I222.844

中国版本图书馆 CIP 数据核字（2022）第 046282 号

书　　名	宋四家词选　词辨
辑 撰 者	〔清〕周　济
整 理 者	石任之
责任编辑	郭时羽
出版发行	中华书局
	（北京市丰台区太平桥西里 38 号　100073）
	http://www.zhbc.com.cn
	E-mail:zhbc@zhbc.com.cn
印　　刷	北京新华印刷有限公司
版　　次	2022 年 4 月第 1 版
	2022 年 4 月第 1 次印刷
规　　格	开本/880×1230 毫米　1/32
	印张 6¾　插页 2　字数 170 千字
印　　数	1-4000 册
国际书号	ISBN 978-7-101-15665-2
定　　价	32.00 元

目录

词　辨

周济（1781—1839），字保绪，号未斋，晚号止庵。或说又字介存，他有个名篇《介存斋论词杂著》，大概介存既是表字，又作了斋号。他还有《存审轩词》、《味隽斋词》，身后著作被编为《求志堂存稿汇编》，那还应该有书房的别名：存审轩、味隽斋、求志堂。江苏荆溪（今宜兴）人。传说荆溪周氏，是晋代周处的后裔，而周济本人恰是文武全才，不知其间有无关联。

周济少年聪颖异常，膂力过人，喜欢读史，读兵略，兼习骑射击刺。嘉庆十年（1805）成进士（或言嘉庆十年举于乡，次年成进士），才二十五岁，在廷对时，纵言天下事，字数逾格，仅授予知县。父兄不放心他性格下急，请改教职，于是去淮安府学作了教授。尽管他在这个位置上刻苦攻读，但并非志向所在，没过多久就谢病去职了。他经过一段游历的生涯，行走齐鲁晋楚，观形势，广交游，名声渐起。回来寓居扬州，时任两江总督的孙玉庭闻其名，邀他相见，纵谈兵事。恰值两淮盐务频受私枭所扰，孙玉庭乃命淮北各营伍及州县听周济号令，稽查枭徒，一时之间淮北群枭敛迹。但周济很快辞谢了这件事，他认为："醝务不治其本而徒缉私，私不可胜缉也。"（魏源《荆溪周君保绪传》）但淮南盐商争以重金延请，托他在淮北办盐，颇让他发了笔财，于是"治宅广陵，甚壮丽，珍物美人皆具"（徐士芬《书周进士济》）。但一日又忽然悔悟，尽散其资，离开扬州，道光四年（1824）在金陵买了江氏致园，改名春水园，居住其中，从事著述。后来周济家贫乏计，仍往淮安府学作教授，正值淮安漕帅周天爵移督两湖，邀与同行，并许诺尽刊其著述，周济就跟着他在道光十九年（1839）春到了夏口，但当年七月三日病故，年五十九。周济没有儿子，兄弟过继给他的两个嗣子都不能读书。他有位很传奇的侧室苏穆，有《储素楼词》一卷，据说也能武术，给他留下一个遗腹子。

周济结交名流颇多，如李兆洛、张琦、陆继辂、董士锡、包世臣、魏源、龚自珍、管同等，都对他很称许。平生著述有二百余万言，其家族后人辑为《求志堂存稿汇编》。其中最经意的是《晋略》，"以寓平生经世之学，借史事发挥之，遐识渺虑，非徒考订，笔力过人"（魏源《荆溪周君保绪传》）。民国时此书收入《四部备要》，流传颇广。他和包世臣相交极笃，精研书画，其《折肱录》也算有些声望的书画论著。诗文外，词集有三种：《存审轩词》《味隽斋词》《止庵词》。前二种是早期之作，《味隽斋词》是对《存审轩词》的改订，内容基本一样。《止庵词》则是其晚年之作，与前二种无一首重复。不过，他名气最大的著作还要算《词辨》和《宋四家词选》了。

　　周济词学传承张惠言，是常州词派后来最重要的理论家。张惠言去世在嘉庆七年（1802），周济已经二十二岁，但没有记载说他和张惠言有过交往。根据徐珂在《清稗类钞》里的说法，周济"少工词章，与张翰风、李申耆善"，说他跟张惠言的弟弟张琦及挚友李兆洛都很熟悉，但我们也不能详知具体情况了。他自己在《词辨序》里说，其词学"受法"于比他小一岁的董士锡。董士锡，字晋卿，是张惠言的外甥，词学自是张氏正脉。周济十六岁学词，二十四岁才认识董士锡，一见之下，看到其词跟他自己平时所仿效者完全不同，"心向慕不能已"，从此归在常州派之下。

　　周济对常州派的词学，把握得准确，讲得也到位："吾郡自皋文、子居两先生开辟榛莽，以《国风》《离骚》之旨趣，铸温、韦、周、辛之面目"（《味隽斋词自序》）。词向被视为"小道"，虽在宋末受到特别的重视，但尚未及认真反思，就随着王朝的倾覆忽然衰落了。到明代全然沦为"艳科"，自明清之际开始，虽经云间派、浙西派、阳羡派的多方努力，始终一间未达，没能揭示出词自身独特的品格。张惠言独具慧眼，看到词之缘情，较之诗，更能真诚地表达出内心品质。诗带着历史赋予的沉重身份负担，"言志"的责任似乎已无时或忘，词却因为它兴起时的特殊语境——酒席歌筵，将之轻易摆脱了，在此种场合下的即兴抒写，显得很放松，更没什么顾忌。即便只是写写男女哀乐，在贤人君子笔下，早已不经意地流露了纷然多彩的"内美"。这在诗里久已难得一遇，也因此成为词最迷人的特质，竟直到张惠言才被一眼觑定。发现了这些，词也就洗刷掉"小道"、"艳科"的不名誉，得以"尊体"，这也是张惠言在词学上最重要的贡献。不过，张惠言并没有找到合适的语言来表述，作为经学家，他自然地想到"诗之比兴""变风之义""骚人之歌"这些旧诗教的语汇，还把《说文解字》的"意内而言外"从语词的"词"附会到歌词的"词"上，更把汉儒说诗的政治学模式搬进了《词选》的评语里。（见张氏《词选》）这一点，让他在后来饱受争议。但年轻的周济却首先被张惠言的发现所吸引，还用了类似张氏的语汇进行肯定，不过，后来他逐步开始对常州派的词学进行完善和推进。

周济在词学上的进步，和与董士锡之间的不断切磋关系极大。《词辨序》里，他详细讲述了两人在论说上互相短长，以及自己在这个过程中造诣日进。两人交谊颇厚，周济对董士锡有些倾慕，把他看作张惠言兄弟的嫡派传人。他早年的词集就请董士锡写了序，《味隽斋词自序》里更是明白说："两先生往矣，聊以质之晋卿。"倾慕很容易让人变得盲目，周济对董士锡的评价实在过高了。《味隽斋词自序》里说"一时作者竞出，晋卿集其成"，已经不够客观，《词辨序》里说"晋卿虽师二张，所作实出其上"，更未免信口。在张氏《词选》的附录里，选录了同时常州派词人的一些词作，董士锡不仅无法企及张惠言，恐怕也难超过恽敬。张惠言的《水调歌头》"春日赋示杨生子掞"五首是全清一代之名作，恽敬的《阮郎归》"画胡蝶"六首也被誉为与温、韦、姜、史同化的佳作，两位阳湖派古文家魁首的胸襟抱负，恐非董士锡能及，他们小词的境界亦自然迥绝不凡。但周济能够得到和董士锡切磋的机会，对他深入常州派词学确是极有助益，只是没有多久，他实际上已经超越了董士锡，如谭献所说"止庵切磋于晋卿，而持论益精"（《箧中词》），开始自己的词学建树。

其建树就体现在《词辨》和《宋四家词选》上。不过，这两部书都经历了艰难的遭遇才得以幸存。《词辨》的序写于嘉庆十七年（1812），周济三十二岁，原书本有十卷之多，却因为交给"田生"，不幸在黄河粮船上落水亡失。其后经过追忆，把最重要的头两卷重写出来，但也难免遗落了。即便这两卷，也直到道光二十七年（1847），周济去世八年之后，才由潘曾玮刊行。光绪四年（1878）和民国二年（1913）两次翻刻，其书开始流行。谭献应门人徐珂之请，将之校订、评点刊行，就是所谓"谭评词辨"，此后成为名著。《宋四家词选》的序论写于道光十二年（1832），周济已经五十二岁，算得上是晚年定论，但一直没有刊刻。潘祖荫从他叔父潘曾玮那里得到一个抄本，随身带至京城，住在淀园的赐第里。这所赐第遭遇了咸丰十年（1860）的圆明园大火，但这个抄本竟如有神护般地避免了焚毁。在同治十二年（1873），潘祖荫将之刻入《滂喜斋丛书》，这时距离周济辞世已经三十四个年头了。

周济的词学，应该是有意识地针对张惠言的缺陷而发挥出来的。张惠言没有找到合适的语言进行表述，他借用的汉儒那一套"比兴寄托"的政治学模式，不足以揭示出词自身独特的品格，甚至会遮蔽问题本身。王国维的评价代表了所有批评者的意见："固哉，皋文之为词也。飞卿《菩萨蛮》、永叔《蝶恋花》、子瞻《卜算子》，皆兴到之作，有何命意？皆被皋文深文罗织。"（《人间词话》）针对这一点，周济提出："初学词求有寄托，有寄托则表里相宣，斐然成章。既成格调求无寄托，无寄托则指事类情，仁者见仁，知者见知。"（《介存斋论词杂著》）所谓"初学词"，指眼光还够不上张惠言要求的阶段，也就无法体会到贤人君子笔下的"内美"，这时需要通过讲求寄托来接引，避免陷入男女哀乐的狭隘叙写，否则又将遭到"小道"和"艳科"的鄙视。寄托的要求，周济有明确的说法："诗有史，词亦有史，庶乎自树一帜矣。"(《介存斋论词杂著》)不仅摒弃男女哀乐，甚至摆落一切个人性的离别怀思、感士不遇，从而使情志的品质超越一己之利益，跟时代的大众同其忧患，这就是"词史"。所谓"既成格调"，指达到了张惠言要求的阶段，这时需要避免的，是将寄托变成像"诗言志"一样的沉重负担，在阅读、叙写时过分紧张焦灼而失去自然流露的本真之美。通过"无寄托"，一切虚张声势的表达都失去存在的可能，本真之美得以真实地突显，词最独特的品质就昭然目前了。周济的理论不仅避免了张惠言表述的缺陷，对词自身的思考也更为深入。谭献对此给予了充分的肯定："周介存有'从有寄托入，以无寄托出'之论，然后体益尊，学益大。"(《复堂词话》)

　　阅读周济的两本词选，必须先了解他基本的词学观点，才能够理解《词辨》对唐、五代词的关注所在，《宋四家词选》提出的"问途碧山，历梦窗、稼轩，以还清真之浑化"(《宋四家词选目录序论》)的学词次第，以及他对历代词人、词作的具体评述和简选。

　　周济的词学对后来影响极大，可以说，近代词学大家无不受其沾丏。他直接的传人自属谭献，在周济"从有寄托入，以无寄托出"的基础上，他又提出"作者未必然，读者何必不然"(《复堂词话》)的词学阐释思想，从读者视域这一维度巩固了张惠言的理论，正与周济相辅相成。谭献代表了常州派第三代的最高成就，比他小二十三岁的陈廷焯，却早去世将近十年，或可看作常州派的殿军。由于陈廷焯生前未有著述刻印，死后其父及其门人才刊行《白雨斋词话》，他的影响不免滞后，但理论却更趋完善。他论词倡沉郁说，其言曰："所谓沉郁者，意在笔先，神馀言外。写怨夫思妇之怀，寓孽子孤臣之感。凡交情之冷淡，身世之飘零，皆可于一草一木发之。而发之又必若隐若见，欲露不露，反复缠绵，终不许一语道破。"（《白雨斋词话》）这段话将张惠言和周济两人的说法完满地结合起来，我们相信，其理论来源是十分清楚的。不过，让人不解的是，尽管陈廷焯极力推崇常州派，对张惠言、谭献不吝称赏，《白雨斋词话》和卷帙较丰的《词则》都只字不曾提到周济。陈廷焯不会不知道周济，因为他对冯煦的《宋六十一家词选》评价甚高，而在这部词选的例言里，冯煦专门引述到："周氏济论词之言曰：'初学词求空，空则灵气往来。既成格调求实，实则精力弥满。'"这样精彩、且跟自己论点这样接近的论述，陈廷焯是不应该忽略的，这其中的原委耐人思索。

周济另一位传承者是端木埰，端木埰又传授词学于王鹏运，王鹏运和况周颐互相切磋，拓出临桂词派，更与朱祖谋、郑文焯为表里，几乎完全支配了晚清词坛。据唐圭璋先生讲："吾乡端木子畴先生，年辈又长于王氏（王鹏运），而其所以教王氏者，亦是止庵一派。止庵教人学词，自碧山入手。先生之词曰《碧瀯词》，即笃嗜碧山者。王氏之词，亦导源于碧山。"（《端木子畴与近代词坛》）甚至可以说，晚清四大家没有不重视碧山的，这都不能否认是周济的影响。况周颐在《蕙风词话》里讲"词境"："人静帘垂，灯昏香直，窗外芙蓉残叶飒飒作秋声，与砌虫相和答。据梧暝坐，湛怀息机，每一念起，辄设理想排遣之，乃至万缘俱寂，吾心忽莹然开朗如满月，肌骨清凉，不知斯世何世也。斯时若有无端哀怨枨触于万不得已，即而察之，一切境象全失，唯有小窗虚幌、笔床砚匣，一一在吾目前。此词境也。"简直可以看作对周济"从有寄托入，以无寄托出"最切己的体认了。

另外，百年来名声极大的王国维，其词学也和周济颇有瓜葛。王国维不喜张惠言，说他"深文罗织"，但他自己的说词方式，颇有和常州派近似之处，如说李璟的词"大有众芳芜秽，美人迟暮之感"，还说到那个著名的"三种境界"，都不脱常州派习气。他反对张惠言，但还是很坦率地承认了周济的价值："介存《词辨》所选词，颇多不当人意。而其论词，则多独到之语。始知天下固有具眼人，非予一人之私见也。"《人间词话》中实有不少隐合周济观点的条目。

随着常州派不再受到时代的青睐，周济也渐渐被遗忘，三十多年来，《词辨》和《宋四家词选》都没有单独出版。这次任之点校出来，又根据段晓华教授提供的材料，附上周济的四篇传记，做成单行本出版，便于喜爱周济的读者阅读使用。由于《词辨》是遗失后重写的残本，把它附于《宋四家词选》之后，算是补遗吧。希望此书的出版，能够引起读者朋友对周济的重视。

钟　锦

整理凡例

一、《宋四家词选》据周济自序作于道光十二年，同治十二年潘曾玮孙祖荫刻入《滂喜斋丛书》，后来多有翻印。本书点校《宋四家词选》以同治十二年《滂喜斋丛书》本为底本；其中有周济自作眉评，均移至词末，用【眉评】标注，评语针对具体词句者予以标明。

二、《词辨》据周济自序作于嘉庆十七年，道光二十七年始由潘曾玮刻成，光绪四年和民国二年两次翻刻。另有谭献应门人徐珂之请，加以审定评点的刊本，世称"谭评词辨"。本书点校《词辨》以谭献评本为底本，以《续修四库全书》影印中国科学院图书馆藏光绪四年刻本通校。谭评本评语录于词末，用【谭评】标注。原圈点均标于对应字下。

三、《宋四家词选》和《词辨》选词，自有来源，往往与通行者不同。为免读者生疑，兹据通行之词集善本核校，尽量尊重底本，不擅作改动，异文写入校记。此非校勘专集，故不再旁征异本，所据校本多为《全唐五代词》、《全宋词》所用底本，书目附后。偶有异本文字较为通行者，则酌情标注版本，以明所自。

四、为避繁冗，如"栏干"、"阑干"，"漫赢得"、"谩赢得"，"销魂"、"消魂"之类，虽有异同，无损词义，均从底本，不一一出校。底本偶有显误且无校本可据者，则以（ ）标识原误字，正字置于［ ］内。

五、全书均用规范简化字横排，并施加通行标点。惟词之正文则依照词律断句，句中顿处用顿号，句末用逗号，押韵处用句号。

周邦彦《详注周美成词片玉集》（简称《片玉集》），影印中国国家图书馆藏宋刻本，北京图书馆出版社 2004 年版。

晏殊《珠玉词》，影印汲古阁刻本《宋六十名家词》，上海古籍出版社 1989 年版。

欧阳修《六一词》，影印汲古阁刻本《宋六十名家词》，上海古籍出版社 1989 年版。

晏几道《小山词》，《彊村丛书》，民国十一年归安朱氏刊本。

张先《张子野词》，《彊村丛书》，民国十一年归安朱氏刊本。

柳永《乐章集》，《彊村丛书》，民国十一年归安朱氏刊本。

秦观《淮海居士长短句》，影印日本内阁文库藏南宋乾道九年高邮军学刻本《淮海集》，中华书局 2020 年版。

贺铸《东山词》，影印中国国家图书馆藏宋刻本，北京图书馆出版社 2004 年版。

贺铸《东山词补》,《彊村丛书》,民国十一年归安朱氏刊本。

韩元吉《南涧诗馀》,《彊村丛书》,民国十一年归安朱氏刊本。

辛弃疾《稼轩长短句》,影印中国国家图书馆藏元大德三年铅山广信书院刻本,文物出版社2018年版。

辛弃疾《稼轩词》,影印中国国家图书馆藏清初毛氏汲古阁影宋抄本,国家图书馆出版社2014年版。

范仲淹《范文正公诗馀》,《彊村丛书》,民国十一年归安朱氏刊本。

苏轼《东坡乐府》,影印中国国家图书馆藏元延祐七年叶曾云间南阜草堂刻本,国家图书馆出版社2019年版。

苏轼《东坡词》,影印汲古阁刻本《宋六十名家词》,上海古籍出版社1989年版。

晁补之《晁氏琴趣外篇》,影印吴昌绶刻本《景刊宋金元明本词》,上海古籍出版社1989年版。

洪皓《鄱阳词》,《彊村丛书》,民国十一年归安朱氏刊本。

姜夔《白石道人歌曲》,影印清乾隆八年江都陆钟辉刻本,《四部丛刊》本。

姜夔《白石道人歌曲》,《彊村丛书》,民国十一年归安朱氏刊本。

陆游《放翁词》,影印汲古阁刻本《宋六十名家词》，上海古籍出版社1989年版。

赵以夫《虚斋乐府》，影印陶湘刻本《景刊宋金元明本词》，上海古籍出版社1989年版。

陈经国《龟峰词》，影印王鹏运刻本《四印斋所刻词》，上海古籍出版社1989年版。

方岳《秋崖词》，影印王鹏运刻本《四印斋所刻词》，上海古籍出版社1989年版。

蒋捷《竹山词》，《彊村丛书》，民国十一年归安朱氏刊本。

蒋捷《竹山词》，影印汲古阁刻本《宋六十名家词》，上海古籍出版社1989年版。

王沂孙《花外集》，影印王鹏运刻本《四印斋所刻词》，上海古籍出版社1989年版。

毛滂《东堂词》，《彊村丛书》，民国十一年归安朱氏刊本。

范成大《石湖词》，《彊村丛书》，民国十一年归安朱氏刊本。

史达祖《梅溪词》，影印王鹏运刻本《四印斋所刻词》，上海古籍出版社1989年版。

张炎《山中白云》，《彊村丛书》，民国十一年归安朱氏刊本。

张炎《山中白云词》，影印王鹏运刻本《四印斋所刻词》，上海古籍出版社1989年版。

吴文英《梦窗词集》，《彊村丛书》，民国十一年归安朱氏刊本。

高观国《竹屋痴语》，《彊村丛书》，民国十一年归安朱氏刊本。

陈允平《日湖渔唱》，《彊村丛书》，民国十一年归安朱氏刊本。

陈允平《西麓继周集》，《彊村丛书》，民国十一年归安朱氏刊本。

周密《蘋洲渔笛谱》，《彊村丛书》，民国十一年归安朱氏刊本。

周密《草窗词》，《丛书集成初编》，商务印书馆1935年版。

冯延巳《阳春集》，影印王鹏运刻本《四印斋所刻词》，上海古籍出版社1989年版。

刘过《龙洲词》，《彊村丛书》，民国十一年归安朱氏刊本。

张翥《蜕岩词》，《彊村丛书》，民国十一年归安朱氏刊本。

李璟、李煜《南唐二主词》，王仲闻校订，陈书良、刘娟笺注《南唐二主词笺注》本，中华书局2013年版。

《乐府补题》，《彊村丛书》，民国十一年归安朱氏刊本。

赵崇祚辑《花间集》，影印中国国家图书馆藏宋绍兴十八年建康郡斋刻本，北京图书馆出版社2004年版。

赵闻礼选编《阳春白雪》，葛渭君校点，上海古籍出版社1993年版。

黄昇编《唐宋诸贤绝妙词选》，邓子勉点校，

《唐宋人选唐宋词》本，上海古籍出版社 2004 年版。

黄昇编《中兴以来绝妙词选》，邓子勉点校，《唐宋人选唐宋词》本，上海古籍出版社 2004 年版。

周密选编《绝妙好词》，葛渭君点校，《唐宋人选唐宋词》本，上海古籍出版社 2004 年版。

朱彝尊、汪森编《词综》，李庆甲校点，上海古籍出版社 2005 年版。

吴讷编《唐宋名贤百家词》，天津古籍出版社 1992 年版。

唐圭璋编《全宋词》，中华书局 1965 年版。

宋四家词选

序

　　季玉叔父尝以周止庵《宋四家词选》示读，云得于符南樵孝廉。南樵，荫旧识，尝师事止庵，手录是选，思付剞劂，奔走无暇。荫居淀园时，以之自随。庚申园毁，意成灰烬，去年检书幸得之，亟付梓。近世论词，张氏《词选》称极善，止庵《词辨》亦惩时俗昌狂雕琢之习，与董晋卿辈同期复古，意仍张氏，言不苟同，季玉叔父曾序而刊之。此卷晚出，抉择益精。止庵负经济伟略，复寄情于艺事，进退古人，妙具心得，忠爱之作，尤深流连，宜南樵珍护如是。今南樵亦归道山，荫既刊之，南樵可无憾。独念荫昔对此卷时，露研风帘，万花如海，倏忽之间，渺乎莫觏，天时人事，涛奔电驱，固不特故人长逝为可伤悼。此卷孤存，固止庵精气不可磨灭，然什伯宝贵于此者何限，不得谓此非偶脱于灰烬也。止庵复有《论调》一书，以婉、涩、高、平四品分之，其选调视红友所载，只四之一。南樵尝言之，今不可复见，海内傥有此本，荫固乐受而观焉。

　　　　　　　　　　同治十二年二月吴县潘祖荫。

宋四家词选目录序论

周邦彦

晏殊　韩缜　欧阳修　晏几道　张先　柳永　秦观　贺铸　韩元吉

辛弃疾

徐昌图　韩琦　范仲淹　苏轼　晁补之　洪皓　姜夔　陆游　陈亮　赵以夫　陈经国　方岳　蒋捷

王沂孙

林逋　毛滂　潘元质　吕本中　康伯可　范成大　史达祖　张炎　黄公绍　练恕可　唐珏

吴文英

张昪　赵令畤　王安国　苏庠　陈克　严仁　高观国　陈允平　周密　王武子　黄孝迈　王梦应　楼采　无名氏

右宋词若干首，别为四家，以周、辛、王、吴为之冠。

序曰：

清真，集大成者也。稼轩敛雄心，抗高调，变温婉，成悲凉。碧山餍心切理，言近指远，声容调度，一一可循。梦窗奇思壮采，腾天潜渊，返南宋之清泚，为北宋之秾挚。是为四家，领袖一代。馀子荦荦，以方附庸。

夫词，非寄托不入，专寄托不出。一物一事，引而伸之，触类多通，驱心若游丝之罥飞英，含毫如郢斤之斫蝇翼，以无厚入有间，既习已，意感偶生，假类毕达，阅载千百，謦欬弗违，斯入矣。赋情独深，逐境必寤，酝酿日久，冥发妄中，虽铺叙平淡，摩缋浅近，而万感横集，五中无主，读其篇者，临渊窥鱼，意为鲂鲤，中宵惊电，罔识东西，亦子随母笑啼，乡人缘剧喜怒，抑可谓能出矣。问途碧山，历梦窗、稼轩，以还清真之浑化。余所望于世之为词人者，盖如此。

论曰：

清真浑厚，正于钩勒处见。他人一钩勒便刻削，清真愈钩勒愈浑厚。

耆卿熔情入景，故淡远。方回熔景入情，故秾丽。

少游最和婉醇正，稍逊清真者，辣耳。

少游意在含蓄，如花初胎，故少重笔。然清真沉痛至极，仍能含蓄。

子野清出处、生脆处，味极隽永，只是偏才，无大起落。

晏氏父子仍步温、韦，小晏精力尤胜。

西麓宗少游，径平思钝，乡愿之乱德也。

苏、辛并称。东坡天趣独到处，殆成绝诣，而苦不经意，完璧甚少。稼轩则沉着痛快，有辙可循，南宋诸公无不传其衣钵。固未可同年而语也。稼轩由北开南，梦窗由南追北，是词家转境。

韩、范诸巨公，偶一染翰，意盛足举其文，虽足树帜，故非专家。若欧公则当行矣。

白石脱胎稼轩，变雄健为清刚，变驰骤为疏宕。盖二公皆极热中，故气味吻合。辛宽姜窄，宽故容秽，窄故斗硬。

白石号为宗工。然亦有俗滥处——《扬州慢》"淮左名都，竹西佳处"；寒酸处——《法曲献仙音》"象笔鸾笺，甚而今、不道秀句"；补凑处——《齐天乐》"邠诗漫与。笑篱落呼灯，世间儿女"；敷衍处——《凄凉犯》"追念西湖上"半阕；支处——《湘月》"旧家乐事谁省"；复处——《一萼红》"翠藤共、闲穿径竹"、"记曾共、西楼雅集"。不可不知。

白石小序甚可观，苦与词复。若序其缘起，不犯词境，斯为两美已。

竹山有俗骨，然思力沉透处，可以起懦。

碧山胸次恬淡，故《黍离》、《麦秀》之感，只以唱叹出之，无剑拔弩张习气。

咏物最争托意，隶事处以意贯串，浑化无痕，碧山胜场也。

词以思笔为入门阶陛。碧山思笔，可谓双绝，幽折处大胜白石。惟圭角太分明，反复读之，有水清无鱼之恨。

梅溪才思，可匹竹山。竹山粗俗，梅溪纤巧，粗俗之病易见，纤巧之习难除。颖悟子弟，尤易受其熏染。余选梅溪词，多所割爱，盖慎之又慎云。

梅溪好用偷字，品格便不高。

玉田才本不高，专恃磨砻雕琢，装头作脚，处处妥当，后人翕然宗之。然如《南浦》之赋春水，《疏影》之赋梅影，逐韵凑成，毫无脉络，而户诵不已，真耳食也。其他宅句安章，偶出风致，乍见可喜，深味索然者，悉从沙汰。

笔以行意也，不行须换笔，换笔不行，便须换意。玉田惟换笔，不换意。

皋文不取梦窗，是为碧山门径所限耳。梦窗立意高，取径远，皆非馀子所及。惟过嗜饾饤，以此被议。若其虚实并到之作，虽清真不过也。

竹屋、蒲江，并有盛名。蒲江窘促，等诸自桧。竹屋硁硁，亦凡响耳。

草窗镂冰刻楮，精妙绝伦，但立意不高，取韵不远，当与玉田抗行，未可方驾王、吴也。

北宋主乐章，故情景但取当前，无穷高极深之趣。南宋则文人弄笔，彼此争名，故变化益多，取材益富。然南宋有门径，有门径故似深而转浅。北宋无门径，无门径故似易而实难。初学琢得五七字成句，便思高揖晏、周，殆不然也。北宋含蓄之妙，逼近温、韦，非点水成冰时，安能脱口即是？

周、柳、黄、晁皆喜为曲中俚语，山谷尤甚。此当时之软平勾领，原非雅音。若托体近俳，而择言尤雅，是名本色俊语，又不可抹煞矣。

雅俗有辨，生死有辨，真伪有辨。真伪尤难辨：稼轩豪迈是真，竹山便伪；碧山恬退是真，姜、张皆伪。味在酸咸之外，未易为浅尝人道也。

词笔不外顺逆反正，尤妙在复、在脱。复处无垂不缩，故脱处如望海上三山，妙发温、韦、晏、周、欧、柳，推演尽致，南渡渚公，罕复从事矣。

东、真韵宽平，支、先韵细腻，鱼、歌韵缠绵，萧、尤韵感慨，各具声响，莫草草乱用。

阳声字多则沉顿，阴声字多则激昂，重阳间一阴则柔而不靡，重阴间一阳则高而不危。

韵上一字，最要相发，或竟相贴，相其上下而调之，则铿锵谐畅矣。

红友极辨上去，是已。上入亦宜辨，入可代去，上不可代去，入之作平者无论矣。其作上者可代平，作去者断不可以代平。平去是两端，上由平而之去，入由去而之平。

上声韵，韵上应用仄字者，去为妙。去入韵，则上为妙。平声韵，韵上应用仄字者，去为妙，入次之。叠则聱牙，邻则无力。

双声叠韵字，要着意布置。有宜双不宜叠、宜叠不宜双处。重字则既双且叠，尤宜斟酌。如李易安之"凄凄惨惨戚戚"，三叠韵六双声，是锻炼出来，非偶然拈得也。

硬字软字宜相间，如《水龙吟》等，俳句尤重。

领句单字一调数用，宜令变化浑成，勿相犯。

一领四五六字句，上二下三、上三下二句，上三下四、上四下三句，四字平句，五七字浑成句，要合调无痕。重头叠脚、蜂腰鹤膝、大小韵，诗中所忌，皆宜忌之。

积字成句，积句成段，最是见筋节处。如《金缕曲》中第四韵，煞上则妙，领下则减色矣。

吞吐之妙，全在换头煞尾。古人名换头为过变，或藕断丝连，或异军突起，皆须令读者耳目振动，方成佳制。换头多偷声，须和婉，和婉则句长节短，可容攒簇。煞尾多减字，须峭劲，峭劲则字过音留，可供摇曳。

文人卑填词为小道，未有以全力注之者。其实专精一二年，便可卓然成家。若厌难取易，虽毕生驰逐，费烟楮耳。余少嗜此，中更三变，年逾五十，始识康庄。自悼冥行之艰，遂虑问津之误。不揣挽陋，为察察言。退苏进辛，纠弹姜、张，剟刺陈、史，芟夷卢、高，皆足骇世。由中之诚，岂不或亮？其或不亮，然余诚矣。

　　道光十有二年冬十一月八日，止庵周济记于春水怀人之舍。

周邦彦

字美成，钱塘人。

瑞龙吟

　　章台路。还见褪粉梅梢，试花桃树。愔愔坊陌人家，定巢燕子，归来旧处。　　暗凝伫。因记个人痴小，乍窥门户。侵晨浅约宫黄，障风映袖，盈盈笑语。　　前度刘郎重到，访邻寻里，同时歌舞。唯有旧来秋娘，声价如故。吟笺赋笔，犹记燕台句。知谁伴、名园露饮，东城闲步。事与孤鸿去。探春尽是，伤离情绪。官柳低金缕。归骑晚、纤纤池塘飞雨。断肠院落，一帘风絮。

【眉评】"事与"句：只一句化去町畦。

　　　　不过桃花人面旧曲翻新耳。看其由无情入，结归无情，层层
　　脱换，笔笔往复处。

【校记】"因记"，《片玉集》作"因念"。　　　"旧来"，《片玉集》作"旧家"。　　　"情绪"，《片玉集》作"意绪"。

兰陵王 柳

　　柳阴直。烟里丝丝弄碧。隋堤上、曾见几番，拂水飘绵送行色。登临望故国。谁识。京华倦客。长亭路，年去岁来，应折柔条过千尺。　　闲寻旧踪迹。又酒趁哀弦，灯照离席。梨花榆火催寒食。愁一剪风快，

半篙波暖，回头迢递便数驿。望人在天北。　　凄恻。恨堆积。渐别浦萦回，津堠岑寂。斜阳冉冉春无极。念月榭携手，露桥闻笛。沉思前事，似梦里，泪暗滴。

【眉评】客中送客，一"愁"字代行者设想，以下不辨是情是景，但觉烟霭苍茫。"望"字、"念"字尤幻。

【校记】"一剪"，《片玉集》作"一箭"。

锁窗寒 寒食

暗柳啼鸦，单衣伫立，小帘朱户。桐阴半亩，静锁一庭愁雨。洒空阶、更阑未休，故人剪烛西窗语。似楚江暝宿，风灯零乱，少年羁旅。　　迟暮。嬉游处。正店舍无烟，禁城百五。旗亭唤酒，付与高阳俦侣。想东园、桃李自春，小唇秀靥今在否。到归时、定有残英，待客携尊俎。

【眉评】奇横。

【校记】词牌名，《片玉集》作"瑣窗寒"。　　"桐阴"，《片玉集》作"桐花"。　　"更阑"，《片玉集》作"夜阑"。

齐天乐

绿芜凋尽台城路，殊乡又逢秋晚。暮雨生寒，鸣蛩劝织，深阁时闻裁剪。云窗静掩。叹重拂罗裀，顿疏花簟。尚有练囊，露萤清夜照书卷。　　荆江留滞最久，故人相望处，离思何限。渭水西风，长安乱叶，空忆诗情宛转。凭高眺远。正玉液新篘，蟹螯初荐。醉倒山翁，但愁斜照敛。

【眉评】此清真荆南作也，胸中犹有块垒。南宋诸公多模仿之。

身在荆南，所思在关中，故有"渭水"、"长安"之句。碧山用作故实。

【校记】"练囊"，《片玉集》作"练囊"。

苏幕遮

燎沉香，消溽暑。鸟雀呼晴，侵晓窥檐语。叶上初阳干宿雨。水面清圆，一一风荷举。　故乡遥，何日去。家住吴门，久作长安旅。五月渔郎相忆否。小楫轻舟，梦入芙蓉浦。

【眉评】若有意，若无意，使人神眩。

六丑 蔷薇谢后作

正单衣试酒，怅客里、光阴虚掷。愿春暂留，春归如过翼。一去无迹。为问家何在，夜来风雨，葬楚宫倾国。钗钿堕处遗香泽。乱点桃蹊，轻翻柳陌。多情更谁追惜。但蜂媒蝶使，时叩窗槅。　东园岑寂。渐蒙笼暗碧。静绕珍丛底，成叹息。长条故惹行客。似牵衣待话，别情无极。残英小、强簪巾帻。终不似、一朵钗头颤袅，向人欹侧。漂流处、莫趁潮汐。恐断红、尚有相思字，何由见得。

【眉评】"愿春"三句：十三字千回百折千锤百炼，以下如鹏羽自逝。

下阕：不说人惜花，却说花恋人。不从无花惜春，却从有花惜春。不惜已簪之残英，偏惜欲去之断红。

【校记】"为问家"，《片玉集》作"为问花"。 "更谁"，《片玉集》作"为谁"。 "窗槅"，《片玉集》作"窗隔"。 "断红"，《片玉集》作"断鸿"。

大 酺

对宿烟收，春禽静，飞雨时鸣高屋。墙头青玉旆，洗铅霜都尽，嫩梢相触。润逼琴丝，寒侵枕障，虫网吹黏帘竹。邮亭无人处，听檐声不断，困眠初熟。奈愁极频惊，梦轻难记，自怜幽独。 行人归意速。最先念、流潦妨车毂。怎奈向、兰成憔悴，卫玠清羸，等闲时、易伤心目。未怪平阳客，双泪落、笛中哀曲。况萧索、青芜国。红糁铺地，门外荆桃如菽。夜游共谁秉烛。

【眉评】"怎奈向"，宋人语，"向"作"一向"二字解，今语"向来"也。

【校记】"憔悴"，原作"蕉萃"，据《片玉集》改。 "平阳"，原作"山阳"，据《片玉集》改。

法曲献仙音

蝉咽凉柯，燕飞尘幕，漏阁签声时度。倦脱纶巾，困便湘竹，桐阴半侵朱户。向抱影、凝情处。时闻打窗雨。耿无语。　　叹文园、近来多病，情绪懒，尊酒易成间阻。缥缈玉京人，想依然、京兆眉妩。翠幕深中，对徽容、空在纨素。待花前月下，见了不教归去。

【眉评】结是本色俊语。

【校记】"耿无语"，依词律及《片玉集》当属下阕。

满庭芳 夏日溧水无想山作

风老莺雏，雨肥梅子，午阴嘉树清圆。地卑山近，衣润费炉烟。人静乌鸢自乐，小桥外、新绿溅溅。凭阑久，黄芦苦竹，拟泛九江船。　　年年。如社燕，飘流瀚海，来寄修椽。且莫思身外，长近尊前。憔悴江南倦客，不堪听、急管繁弦。歌筵畔，先安枕簟，容我醉时眠。

【眉评】"人静"二句：体物入微，夹入上下文中，似褒似贬，神味最远。

【校记】"憔悴"，原作"蕉萃"，据《片玉集》改。　　"枕簟"，《片玉集》作"簟枕"。

应天长慢 寒食

条风布暖，霏雾弄晴，池台遍满春色。正是夜堂无月，沉沉暗寒食。梁间燕，前社客。似笑我、闭门愁寂。乱花过，隔院芸香，满地狼籍。　　长记那回时，邂逅相逢，郊外驻油壁。又见汉宫传烛，飞烟五侯宅。青青草，迷路陌。强载酒、细寻前迹。市桥远，柳下人家，犹自相识。

【眉评】 首行：生辣。

末行：反剔所寻不见。

【校记】 词牌名，《片玉集》作"应天长"。　载酒，《片玉集》作"带酒"。

木兰花

本作《玉楼春》。《木兰花》之前后仄起者一名《玉楼春》。其平起者但可云《春晓曲》、《惜春容》耳。今标本名，以息纷解。

桃溪不作从容住。秋藕绝来无续处。当时相候赤栏桥，今日独寻黄叶路。　烟中列岫青无数。雁背夕阳红欲暮。人如风后入江云，情似雨馀沾地絮。

【眉评】 下阕：只赋天台事，态浓意远。

【校记】 词牌名，《片玉集》作"玉楼春"。　"沾地"，《片玉集》作"粘地"。

少年游

并刀如水，吴盐胜雪，纤指破新橙。锦幄初温，兽香不断，相对坐调笙。　低声问、向谁行宿，城上已三更。马滑霜浓，不如休去，直是少人行。

【眉评】此亦本色佳制也。本色至此便足，再过一分，便入山谷恶道矣。

【校记】"纤指"，《片玉集》作"纤手"。　　"兽香"，《片玉集》作"兽烟"。

拜新月慢

夜色催更，清尘收露，小曲幽坊月暗。竹槛灯窗，识秋娘庭院。笑相遇，似觉琼枝玉树相倚，暖日明霞光烂。水盼兰情，总平生稀见。　　画图中、旧识春风面。谁知道、自到瑶台畔。眷恋雨润云温，苦惊风吹散。念荒寒、寄宿无人馆。重门闭、败壁秋虫叹。怎奈向、一缕相思，隔溪山不断。

【眉评】全是追思，却纯用实写，但读前阕，几疑是赋也。换头再为加倍跌宕之，他人万万无此力量。

尉迟杯

隋堤路。渐日晚、密霭生深树。阴阴淡月笼沙，还宿河桥深处。无情画舸，都不管、烟波隔南浦。等行人、醉拥重衾，载将离恨归去。　　因思旧客京华，长偎傍、疏林小槛欢聚。冶叶倡条俱相识，仍惯见、珠歌翠舞。如今向、渔村水驿，夜如岁、焚香独自语。有何人、念我无聊，梦魂凝想鸳侣。

【眉评】南宋诸公所断不能到者。出之平实，故胜。
　　一结拙甚。

【校记】"因思",《片玉集》作"因念"。 "冶叶",原作"治叶",据《片玉集》改。

菩萨蛮

银河宛转三千曲。浴凫飞鹭澄波绿。何处望归舟。夕阳江上楼。 天憎梅浪发。故下封枝雪。深院卷帘看。应怜江上寒。

【眉评】造语奇险。

【校记】"望归舟",《片玉集》作"是归舟"。

关河令

秋阴时作渐向暝。变一庭凄冷。伫听寒声,云深无雁影。 更深人去寂静。但照壁、孤灯相映。酒已都醒,如何消夜永。

【眉评】淡永。

【校记】"时作",《片玉集》作"时晴"。

过秦楼

水浴清蟾,叶喧凉吹,巷陌雨声初断。闲依露井,笑扑流萤,惹破画罗轻扇。人静夜久凭阑,愁不归眠,立残更箭。叹年华一瞬,人今千里,梦沉书远。 空见说、鬓怯琼梳,容消金镜,渐懒趁时匀染。梅风地溽，梧雨苔滋，一架舞红都变。谁信无聊，为伊才减江淹，情伤荀倩。但明河影下，还看稀星数点。

【眉评】"梅风"三句：入此三句，意味淡厚。
【校记】"雨声"，《片玉集》作"马声"。"梧雨"，《片玉集》作"虹雨"。

氐州第一

波落寒汀，村渡向晚，遥看数点帆小。乱叶翻鸦，惊风破雁，天角孤云缥缈。官柳萧疏，甚尚挂、微微残照。景物关情，川涂换目，顿来催老。　　渐解狂朋欢意少。奈犹被、思牵情绕。座上琴心，机中锦字，觉最萦怀抱。也知人、悬望久，蔷薇谢、归来一笑。欲梦高唐，未成眠、霜空已晓。

【眉评】竭力追逼得换头一句出，钩转"思牵情绕"，力挽六钧。此与《瑞鹤》一阕，皆绝新机杼，而结体各别，此轻利，彼沉郁。
【校记】词牌名，原作"氐州弟"，据《片玉集》改。　　"鸦"，原作"雅"，据《片玉集》改。　　"已晓"，《片玉集》作"又晓"。

瑞鹤仙

悄郊原带郭。行路永，客去车尘漠漠。斜阳映山落。敛馀红，犹恋孤城阑角。凌波步弱。过短亭、何用素约。有流莺劝我，重解绣鞍，缓引春酌。　　不记归时早暮，上马谁扶，醒眠朱阁。惊飙动幕。扶残醉，绕红药。叹西园，已是花深无地，东风何事又恶。任流光过却。犹喜洞天自乐。

【眉评】只闲闲说起。

不扶残醉，不见红药之系情，东风之作恶。因而追溯昨日送客后，薄暮入城，因所携之伎倦游，访伴小憩，复成酣饮。换头三句，反透出一"醒"字。"惊飙"句倒插"东风"，然后以"扶残醉"三字点睛。结构精奇，金针度尽。

花犯 梅花

粉墙低，梅花照眼，依然旧风味。露痕轻缀。疑净洗铅华，无限清丽。去年胜赏曾孤倚。冰盘共宴喜。更可惜、雪中高士，香篝熏素被。　　今年对花太匆匆，相逢似有恨，依依蕉萃。凝望久，青苔上、旋看飞坠。相将见、脆圆荐酒，人正在、空江烟浪里。但梦想、一枝潇洒，黄昏斜照水。

【眉评】清真词，其清婉者至此。故知建章千门，非一匠所营。
【校记】"清丽"，《片玉集》作"佳丽"。　　"共宴喜"，《片玉集》作"同宴喜"。　　"高士"，《片玉集》作"高树"。　　"太匆匆"，《片玉集》作"最匆匆"。　　"蕉萃"，《片玉集》作"愁悴"。　　"凝望"，《片玉集》作"吟望"。　　"脆圆"，《片玉集》作"脆丸"。

浪淘沙慢

晓阴重，霜凋岸草，雾隐城堞。南陌脂车待发。东门帐饮乍阕。正拂面垂杨堪揽结。掩红泪、玉手亲折。念汉浦离鸿去何许，经时信音绝。　　情切。望中地远天阔。向露冷风清，无人处、耿耿寒漏咽。嗟万事难忘，唯是轻别。翠尊未竭。凭断云留取，西楼残月。　　罗带光销纹衾叠。连环解、旧香顿歇。怨歌永、琼壶敲尽缺。恨春去、不与人期，弄夜色，空馀满地梨花雪。

【眉评】"嗟万事"二句：空际出力，梦窗最得其诀。

"翠尊"三句：三句一气赶下，是清真长技。

"恨春去"三句：钩勒劲健峭举。

【校记】词牌名，《片玉集》作"浪淘沙"。　　"晓阴"，《片玉集》作"昼阴"。　　"揽结"，《片玉集》作"缆结"。

夜飞鹊

河桥送人处，良夜何其。斜月远堕馀晖。铜盘烛泪已流尽，霏霏凉露沾衣。相将散离会处，探风前津鼓，树杪参旗。花骢会意，纵扬鞭、亦自行迟。　　迢递路回清野，人语渐无闻，空带愁归。何意重经前地，遗钿不见，斜径都迷。兔葵燕麦，向斜阳、影与人齐。但徘徊班草，欷歔酹酒，极望天西。

【眉评】班草是散会处，酹酒是送人处，二处皆前地也。双起，故须双结。

【校记】"良夜"，《片玉集》作"凉夜"。　　"离会处"，《片玉集》作"离会"。　　"重经前地"，《片玉集》作"重红满地"。　　"斜阳"，《片玉集》作"残阳"。　　"影与"，《片玉集》作"欲与"。　　"酬酒"，《片玉集》作"酹酒"。

解语花 元宵

风销焰蜡，露浥洪炉，花市光相射。桂华流瓦。纤云散，耿耿素娥欲下。衣裳淡雅。看楚女、纤腰一把。箫鼓喧，人影参差，满路飘香麝。　　因念帝城放夜。望千门如昼，嬉笑游冶。钿车罗帕。相逢处，自有暗尘随马。年光是也。唯只见、旧情衰谢。清漏移，飞盖归来，从舞休歌罢。

【眉评】此美成在荆南作，当与《齐天乐》同时。到处歌舞太平，京
　　师尤为绝盛。

【校记】"帝城"，《片玉集》作"都城"。

垂丝钓

缕金翠羽。妆成才见眉妩。倦倚绣帘，看舞风絮。愁几许。寄凤丝雁柱。春将暮。向层城苑路。　　钿车似水，时时花径相遇。旧游伴侣。还到曾来处。门掩风和雨。梁间燕语。问那人在否。

【眉评】"向层"句应作前结，《词综》误作起句，可不用韵。"梁间"
　　二字可衍。

【校记】分片，《片玉集》在"雁柱"下。

夜游宫

叶下斜阳照水。卷轻浪、沉沉千里。桥上酸风射眸子。立多时，看黄昏，灯火市。　　古屋寒窗底。听几片、井桐飞坠。不恋单衾再三起。有谁知，为萧娘，书一纸。

【眉评】 下阕：此亦是层叠加倍写法。本只"不恋单衾"一句耳，加上前阕方觉精力弥满。

感皇恩

小阁倚晴空，数声钟定。斗柄寒垂暮天静。朝来残酒，又被春风吹醒。眼前犹认得，当时景。　　往事旧欢，不堪重省。自叹多愁更多病。绮窗依旧，敲遍阑干谁应。断肠明月下，梅摇影。

【眉评】 白描高手。

【校记】《片玉集》中无此首，《全宋词》列于晁冲之名下，字句多有不同，姑附如下："小阁倚晴空，数声钟定。斗柄寒垂暮天净。向来残酒，尽被晓风吹醒。眼前还认得，当时景。旧恨与新愁，不堪重省。自叹多情更多病。绮窗犹在，敲遍阑干谁应。断肠明月下，梅摇影。"唐圭璋先生校记云："案此首又见汲古阁本《片玉词》，宋本《片玉集》无此首。乃误入，非周邦彦作。"

周邦彦下附录

清平乐　　　　　　　　　晏殊 同叔

　　金风细细。叶叶梧桐坠。绿酒初尝人易醉。一枕小窗浓睡。　　紫薇朱槿初残。斜阳恰照阑干。双燕欲归时节，银屏昨夜微寒。

【校记】"初残"，《珠玉词》作"花残"。　　"恰照"，《珠玉词》作"却照"。

踏莎行

　　小径红稀，芳郊绿遍。高台树色阴阴见。春风不解禁杨花，蒙蒙乱扑行人面。　　翠叶藏莺，珠帘隔燕。炉香静逐游丝转。一场愁梦酒醒时，斜阳却照深深院。

【校记】"珠帘"，《珠玉词》作"朱帘"。

蝶恋花

　　槛菊愁烟兰泣露。罗幕轻寒，燕子双飞去。明月不谙离别苦。斜光到晓穿朱户。　　昨夜西风凋碧树。独上高楼，望尽天涯路。欲寄彩笺无尺素。山长水阔知何处。

【校记】"离别"，《珠玉词》作"离恨"。　　"彩鸾"，《珠玉词》作"彩笺"。　　"无尺素"，《唐宋名贤百家词》本《珠玉词》作"兼尺素"。

相思儿令

昨日探春消息，湖上绿波平。无奈绕堤芳草，还向旧痕生。　　有酒且醉瑶觥。更何妨、檀板新声。谁教杨柳千丝，就中牵系人情。

凤箫吟　　　　　　　韩缜 玉汝

锁离愁，连绵无际，来时陌上初熏。绣帏人念远，暗垂珠露，泣送征轮。长行长在眼，更重重、远水孤云。但望极楼高，尽日目断王孙。　　消魂。池塘别后，曾行处、绿妒轻裙。恁时携素手，乱花飞絮里，缓步香茵。朱颜空自改，向年年、芳意长新。遍绿野、嬉游醉眼，莫负青春。

【校记】"珠露"，《全宋词》作"珠泪"。　　"长行"，《全宋词》作"长亭"。　　"醉眼"，《全宋词》作"醉眠"。

采桑子　　　　　　　欧阳修 永叔

群芳过后西湖好，狼藉残红。飞絮蒙蒙。垂柳阑干尽日风。　　笙歌散尽游人去，始觉春空。垂下帘栊。双燕归来细雨中。

踏莎行

候馆梅残，溪桥柳细。草薰风暖摇征辔。离愁渐远渐无穷，迢迢不断如春水。　　寸寸柔肠，盈盈粉泪。楼高莫近危阑倚。平芜尽处是春山，行人更在春山外。

蝶恋花

越女采莲秋水畔。窄袖轻罗，暗露双金钏。照影摘花花似面。芳心只共丝争乱。　　鹧鸪滩头风浪晚。雾重烟轻，不见来时伴。隐隐歌声归棹远。离愁引着江南岸。

六曲阑干偎碧树。杨柳风轻，展尽黄金缕。谁把钿筝移玉柱。穿帘燕子双飞去。　　满眼游丝兼落絮。红杏开时，一霎清明雨。浓睡觉来莺乳语。惊残好梦无寻处。此及以下三阕一作冯延巳词。按冯词多与欧公相乱，此实公词也。

【校记】此及以下二首，《六一词》中均未收。《词辨》中归入冯延巳名下。

谁道闲情抛弃久。每到春来，惆怅还依旧。日日花前常病酒。不辞病里朱颜瘦。　　河畔青芜堤上柳。为问新愁，何事年年有。独立小桥风满袖。平林新月人归后。

几日行云何处去。忘却归来，不道春将暮。百草千花寒食路。香车系在谁家树。　　泪眼倚楼频独语。双燕来时，陌上相逢否。掩乱春愁如柳絮。依依梦里无寻处。

【眉评】数词缠绵忠笃，其文甚明，非欧公不能作。延巳小人纵欲，伪为君子以惑其主，岂能有此至性语乎？

庭院深深深几许。杨柳堆烟，帘幕无重数。玉勒雕鞍游冶处。楼高不见章台路。　　雨横风狂三月暮。门掩黄昏，无计留春住。泪眼问花花不语。乱红飞过秋千去。

少年游 草

阑干十二独凭春。晴碧远连云。千里万里，二月三月，行色苦愁人。　　谢家池上，江淹浦畔，吟魄与离魂。那堪疏雨滴黄昏。更特地、忆王孙。

临江仙

柳外轻雷池上雨，雨声滴碎荷声。小楼西角断虹明。阑干倚处，待得月华生。　　燕子飞来窥华栋，玉钩垂下帘旌。凉波不动簟纹平。水精双枕，旁有堕钗横。

【校记】"华栋"，《六一词》作"画栋"。

临江仙　　　　　　晏几道 叔原

梦后楼台高锁，酒醒帘幕低垂。去年春恨却来时。落花人独立，微雨燕双飞。　　记得小蘋初见，两重心字罗衣。琵琶弦上说相思。当时明月在，曾照彩云归。

点绛唇

妆席相逢，旋匀红泪歌金缕。意中曾许。欲共吹花去。　　长爱荷香，柳色殷桥路。留人住。淡烟微雨。好个双栖处。

【校记】"妆席"，原作"装席"，据《小山词》改。

生查子

金鞍美少年，去跃青骢马。萦系玉楼人，绣被春寒夜。　　消息未归来，寒食梨花谢。无处说相思，背面秋千下。

【校记】"金鞍"，《小山词》作"金鞭"。　　"萦系"，《小山词》作

"牵系"。

采桑子

秋千散后朦胧月，满院人闲。几处雕阑。一夜风吹杏粉残。　　昭阳殿里春衣就，金缕初干。莫信朝寒。明日花前试舞看。

六幺令

雪残风信，悠飏春消息。天涯倚楼新恨，杨柳几丝碧。还是南云雁少，锦字无端的。宝钗瑶席。彩弦声里，拚作尊前未归客。　　遥想疏梅此际，月底香英坼。别后谁绕前溪，手拣繁枝摘。莫道伤高恨远，付与临风笛。尽堪愁寂。花时往事，更有多情个人忆。

【校记】"香英坼"，《小山词》作"香英白"。

绿阴春尽，飞絮绕香阁。晚来翠眉宫样，巧把远山学。一寸狂心未说，已向横波觉。画帘遮匝。新翻曲妙，暗许闲人带偷掐。　　前度书多隐语，意浅愁难答。昨夜诗有回纹，韵险还慵押。都待笙歌散了，记取来时霎。不消红蜡。闲云归后，月在庭花旧阑角。

【校记】"来时"，《小山词》作"留时"。

清平乐

留人不住。醉解兰舟去。一棹碧涛春水路。过尽晓莺啼处。　　渡头杨柳青青。枝枝叶叶离情。此后锦书休寄，画楼云雨无凭。

【眉评】结语殊怨，然不忍割。

木兰花

秋千院落重帘暮。彩笔闲来题绣户。墙头丹杏雨馀花，门外绿杨风后絮。　　朝云信断知何处。应作襄王春梦去。紫骝认得旧游踪，嘶过画楼东畔路。

【校记】"朝云"，原作"朝阳"，据《小山词》改。　　"画楼"，《小山词》作"画桥"。

碧牡丹

翠袖疏纨扇。凉叶催归燕。一夜西风，几处伤高怀远。细菊枝头，开嫩香还遍。月痕依旧庭院。　　事何限。怅望秋意晚。离人鬓华将换。静忆天涯，路比此情还短。试约鸾笺，传素期良愿。南云应有新雁。

【校记】"还短"，《小山词》作"犹短"。

蝶恋花

醉别西楼醒不记。春梦秋云，聚散真容易。斜月半窗还少睡。画屏闲展吴山翠。　　衣上酒痕诗里字。点点行行，总是凄凉意。红烛自怜无好计。夜寒空替人垂泪。

卜算子慢　　　　　张先　子野

溪山别意，烟树去程，日落采蘋春晚。欲上征鞅，更掩翠帘回面。相盻。惜弯弯浅黛长长眼。奈画阁欢游，也学狂花乱絮轻散。　　水影横池馆。对静夜无人，月高云远。一晌凝思，两眼泪痕还满。难遣。恨私书又逐东风断。纵梦泽层楼万尺，望湖城那见。

【校记】"征鞅"，《张子野词》作"征鞍"。　　"相盻"，《张子野词》作"相眄"。　　"两眼"，《张子野词》作"两袖"。　　"梦泽"，《张子野词》作"西北"。　　"湖城"，《张子野词》作"重城"。

醉垂鞭

双蝶绣罗裙。东池宴。初相见。朱粉不深匀。闲花淡淡春。　　细看诸处好。人人道是柳腰身。昨日乱山昏。来时衣上云。

【校记】"道是"，《张子野词》作"道"。

山亭燕 有美堂赠彦献主人

宴堂永昼喧箫鼓。倚青空、画阑红柱。玉莹紫微人，蔼和气、春融日煦。故宫池馆更楼台，约风月、今宵何处。湖水动鲜衣，竞拾翠、湖边路。　　落花荡漾怨空树。晓山静、数声杜宇。天意送芳菲，正黯淡、疏烟短雨。新欢宁似旧欢长，此会散、几时还聚。试为挽飞云，问解相思否。

【校记】词牌名，《张子野词》作"山亭宴慢"。　　"彦献"，《张子野词》作"彦猷"。　　"宴堂"，《张子野词》作"宴亭"。　　"怨空树"，《张子野词》作"愁空树"。　　"短雨"，《张子野词》作"逗雨"。　　"问解"，《张子野词》作"问解寄"。

踏莎行

衾凤犹温。笼鹦尚睡。宿妆稀淡眉成字。映花避月上回廊，珠裙摺摺轻垂地。　　翠幕成波，新荷贴水。纷纷烟絮低还起。重墙绕院更重门，春风无路通深意。

【校记】"宿妆"，原作"宿装"，据《张子野词》改。　　"回廊"，《张子野词》作"行廊"。　　"摺摺"，《张子野词》作"褶褶"。　　"烟絮"，《张子野词》作"烟柳"。

青门引

乍暖还轻冷。风雨晚来方定。庭轩寂寞近清明，残花中酒，又是去年病。　　楼头画角风吹醒。入夜重门静。那堪更被明月，隔墙送过秋千影。

斗百花　　柳永 耆卿

煦色韶光明媚借叶。轻霭低笼芳树。池塘浅蘸烟芜，帘幕闲垂风絮。春困恹恹，抛掷斗草工夫，冷落踏青心绪。　　终日扃朱户。远恨绵绵，淑景迟迟难度。年少傅粉，依前醉眠何处。深院无人，黄昏乍拆秋千，空锁满庭花雨。

【眉评】柳词总以平叙见长，或发端，或结尾，或换头，以一二语勾勒提掇，有千钧之力。

【校记】"终日"句，《乐章集》此下分片。

雨零铃

寒蝉凄切。对长亭晚，骤雨初歇。都门帐饮无绪，方留恋处，兰舟催发。执手相看泪眼，竟无语凝咽。念去去、千里烟波，暮霭沉沉楚天阔。　　多情自古伤离别。更那堪、冷落清秋节。今宵酒醒何处，杨柳岸、晓风残月。此去经年，应是良辰，好景虚设。便总有、千种风情，更与何人说。

【眉评】清真词多从耆卿夺胎，思力沉挚处往往出蓝。然耆卿秀淡幽艳，是不可及。后人摭其乐章，訾为俗笔，真瞽说也。

【校记】词牌名，《乐章集》作"雨霖铃"。　　"方留恋"，《乐章集》

作"留恋"。　　"凝咽",《乐章集》作"凝噎"。　　"总有",《乐章集》作"纵有"。

倾杯乐

　　木落霜洲,雁横烟渚,分明画出秋色。暮雨乍歇,小楫夜泊,宿苇村山驿。何人月下临风处,起一声羌笛。离愁万绪,闻岸草、切切蛩吟如织。　　为忆芳容别后,水遥山远,何计凭鳞翼。想绣阁深沉,争知憔悴损,天涯行客。楚峡云归,高唐人散,寂寞狂踪迹。望京国。空目断、远峰凝碧。

【眉评】依调"损"字当属下,依词"损"字当属上。此类甚多,后不更举。

【校记】词牌名,《乐章集》作"倾杯"。　　"木落",《乐章集》作"鹜落"。　　"暮雨",原作"莫雨",据《乐章集》改。　　"高唐",《乐章集》作"高阳"。　　"寂寞",原作"寂莫",据《乐章集》改。

卜算子慢

　　江枫渐老,汀蕙半凋,满目败红衰翠。楚客登临,正是暮秋天气。引疏砧、断续残阳里。对晚景、伤怀念远,旧愁新恨相继。　　脉脉人千里。念两处风情,万重烟水。雨歇天高,望断翠峰十二。尽无言、谁会凭高意。纵写得、离肠万种,奈归鸿谁寄。

【眉评】后阕一气转注，联翩而下，清真最得此妙。

【校记】词牌名，《乐章集》作"卜算子"。　　"旧愁新恨"，《乐章集》作"新愁旧恨"。"归鸿"，《乐章集》作"归云"。

玉蝴蝶

望处雨收云断，凭栏悄悄，目送秋光。晚景萧疏，堪动宋玉悲凉。水风轻、蘋花渐老，月露冷、梧叶飘黄。遣情伤。故人何在，烟水茫茫。　　难忘。文期酒会，几孤风月，屡变星霜。海阔天遥，未知何处是潇湘。念双燕、难凭远信，指暮天、空识归航。黯相望。断鸿声里，立尽斜阳。

【校记】"几孤"，《乐章集》作"几孤"。　　"天遥"，《乐章集》作"山遥"。

八声甘州

对潇潇暮雨洒江天，一番洗清秋。渐霜风凄紧，关河冷落，残照当楼。是处红衰绿减，冉冉物华休。惟有长江水，无语东流。　　不忍登高临远，望故乡渺渺，归思难收。叹年来踪迹，何事苦淹留。想佳人、妆楼颙望，误几回、天际识归舟。争知我、倚阑干处，正恁凝愁。

【校记】"凄紧"，《乐章集》作"凄惨"。　　"绿减"，《乐章集》作"翠减"。　　"渺渺"，《乐章集》作"渺邈"。　　"长望"，《乐章集》作"颙望"。

安公子

　　远岸收残雨。雨残稍觉江天暮。拾翠汀洲人寂静，立双双鸥鹭。望几点、渔灯掩映蒹葭浦。停画桡、两两舟人语。道去程今夜，遥指前村烟树。　　游宦成羁旅。短樯吟倚闲凝伫。万水千山迷远近，想乡关何处。自别后、风亭月榭孤欢聚。刚断肠、惹得离情苦。听杜宇声声，劝人不如归去。

【眉评】后阕音节态度，绝类《拜（新）［星］月慢》，清真"夜色催更"一阕，全从此脱化出来，特较更跌宕耳。

【校记】"掩映"，《乐章集》作"隐映"。

雪梅香

　　景萧索，危楼独立面晴空。动悲秋情绪，当时宋玉应同。渔市孤烟袅寒碧，水村残叶舞愁红。楚天阔，浪浸斜阳，千里溶溶。　　临风。想佳丽，别后愁颜，镇敛眉峰。可惜当年，顿乖雨迹云踪。雅态妍姿正欢洽，落花流水忽西东。无憀恨，相思意，尽分付征鸿。

【眉评】本阕结句，似在意字逗。

西平乐

　　尽日凭高寓目，脉脉春情绪。嘉景清明渐近，时节轻寒乍暖，天气才晴又雨。烟光淡宕，装点平芜烟树。　黯凝伫。台榭好，莺燕语。正是和风丽日，几许繁红嫩绿，雅称嬉游去。奈阻隔、寻芳伴侣。秦楼凤吹，楚台云约，空怅望，在何处。寂寞韶光暗度。可堪向晚，村落声声杜宇。

【校记】"寓目"，《乐章集》作"目"。　"烟树"，《乐章集》作"远树"。　"莺燕语"，《乐章集》此下分片。"楚台"，《乐章集》作"楚馆"。　"寂寞"，原作"寂莫"，据《乐章集》改。　"韶光"，《乐章集》作"韶华"。

木兰花慢 清明

拆桐花烂漫，乍疏雨、洗清明。正艳杏烧林，缃桃绣野，芳景如屏。倾城。尽寻胜赏，骤雕鞍绀幰出郊坰。风暖繁弦脆管，万家竞奏新声。　盈盈。斗草踏青。人艳冶、递逢迎。向路旁、往往遗簪堕珥，珠翠纵横。欢情。对佳丽地，任金罍罄竭玉山倾。拚却明朝永日，画堂一枕春醒。

【眉评】结大胜"忍把浮名，换了浅斟低唱"。

【校记】"胜赏"，《乐章集》作"胜去"。　"任金罍"，《乐章集》作"信金罍"。

满庭芳 秦观 少游

山抹微云，天粘衰草，画角声断谯门。暂停征棹，聊共引离尊。多少蓬莱旧事，空回首、烟霭纷纷。斜阳外，寒鸦数点，流水绕孤村。　　消魂。当此际，香囊暗解，罗带轻分。漫赢得青楼，薄幸名存。此去何时见也，襟袖上、空染啼痕。伤情处，高城望断，灯火已黄昏。

【眉评】将身世之感打并入艳情，又是一法。

【校记】"天粘"，《淮海居士长短句》作"天连"。　　"数点"，《淮海居士长短句》作"万点"。　　"空染"，《淮海居士长短句》作"空惹"。

　　晚色云开，春随人意，骤雨方过还晴。高台芳树，飞燕蹴红英。舞困榆钱自落，秋千外、绿水桥平。东风里，朱门映柳，低按小秦筝。　　多情。行乐处，珠钿翠盖，玉辔红缨。渐酒空金榼，花困蓬瀛。豆蔻梢头旧恨，十年梦、屈指堪惊。凭阑久，疏烟淡日，寂寞下芜城。

【眉评】君子因小人而斥。

　　　"渐酒空"句：一笔挽转。

　　　"凭阑久"三句：应首句不忘君也。

【校记】"晚色"，《淮海居士长短句》作"晓色"。　　"方过"，《淮海居士长短句》作"才过"。　　"高台芳树"，《淮海居士长短句》作"古台芳榭"。

望海潮　洛阳怀古

　　梅英疏淡，冰澌溶泄，东风暗换年华。金谷俊

游，铜驼巷陌，新晴细履平沙。长记误随车。正
絮翻蝶舞，芳思交加。柳下桃蹊，乱分春色到人
家。　　西园夜饮鸣笳。有华灯碍月，飞盖妨花。兰
苑未空，行人渐老，重来事事堪嗟。烟暝酒旗斜。但
倚楼极目，时见栖鸦。无奈归心，暗随流水到天涯。

【眉评】两两相形，以整见动。以两"到"字作眼，点出"换"字精神。

【校记】"事事"，《淮海居士长短句》作"是事"。

浣溪纱

　　漠漠轻寒上小楼。晓阴无赖似穷秋。淡烟流水画
屏幽。　　自在飞花轻似梦，无边丝雨细如愁。宝帘
闲挂小银钩。

阮郎归

　　满天风雨破寒初。灯残庭院虚。丽谯吹彻小单
于。迢迢清夜徂。　　乡梦断，旅情孤。峥嵘岁又
除。衡阳犹有雁传书。郴阳和雁无。

【校记】"满天"，《淮海居士长短句》作"湘天"。　　"灯残"，《淮
　　海居士长短句》作"深沉"。　　"吹彻"，《淮海居士长短句》作
　　"吹罢"。　　"旅情"，《淮海居士长短句》作"旅魂"。

好事近 梦中作

春路雨添花，花动一山春色。行到小桥深处，有

黄鹂千百。　　飞云当面化龙蛇，夭矫转空碧。醉卧古藤阴下，了不知南北。

【眉评】概括一生，结语遂作藤州之谶。

　　　造语奇警，不似少游寻常手笔。

【校记】"小桥"，《淮海居士长短句》作"小溪"。

踏莎行 郴州旅舍

雾失楼台，月迷津渡。桃源望断无寻处。可堪孤馆闭春寒，杜鹃声里斜阳暮。　　驿寄梅花，鱼传尺素。砌成此恨无重数。郴江幸自绕郴山，为谁流下潇湘去。

八六子

倚危亭。恨如芳草，萋萋刬尽还生。念柳外青骢别后，水边红袂分时，怆然暗惊。　　无端天与娉婷。夜月一帘幽梦，春风十里柔情。怎奈向、欢娱渐随流水，素弦声断，翠绡香减，那堪片片飞花弄晚，蒙蒙残雨笼晴。正销凝。黄鹂又啼数声。

【眉评】神来之笔。

金明池

琼苑金池，青门紫陌，似雪杨花满路。云日淡、天低昼永，过三点两作平点作平细雨。好花枝、半出墙头，似怅望、芳草王孙何处。更水绕人家，桥当门巷，燕燕莺莺飞舞。　　怎得东君长为主。把绿鬓朱颜，一时留住。佳人唱、金衣莫惜，才子倒、玉山休诉。况春来、倍觉伤心，念故国情多，新年愁苦。纵宝马嘶风，红尘拂面，也只寻常归去。

【眉评】此词最明快，得结语神味便远。

【校记】此首《草堂诗馀》作无名氏词。　　"寻常"，《草堂诗馀》作"寻芳"。

水龙吟

小楼连苑横空，下窥绣毂雕鞍骤。疏帘半卷，单衣初试，清明时候。破暖轻风，弄晴微雨，欲无还有。卖花声过尽，垂杨院落，红成阵、飞鸳鸯。　　玉佩丁东别后。怅佳期、参差难又。名缰利锁，天还知道，和天也瘦。花下重门，柳边深巷，不堪回首。念多情但有，当时皓月，照人依旧。

【校记】"连苑"，《淮海居士长短句》作"连远"。　　"疏帘"，《淮海居士长短句》作"朱帘"。　　"垂杨"，《淮海居士长短句》作"斜阳"。　　"照人"，《淮海居士长短句》作"向人"。

薄　幸
贺铸 方回

淡妆多态。更滴滴、频回盼睐。便认得、琴心先许，欲绾合欢双带。记画堂、风月逢迎，轻颦浅笑娇无

奈。向睡鸭炉边，翔鸳屏里，羞把香罗暗解。　　自
过了烧灯后，都不是、踏青挑菜。几回凭双燕，丁宁
深意，往来却恨重帘碍。约何时再。正春浓酒困，人
闲昼永无聊赖。厌厌睡起，犹有花梢日在。

【眉评】耆卿于写景中见情，故淡远；方回于言情中布景，故
　　秾至。

【校记】"淡妆"，《东山词》作"艳真"。　　"滴滴"，《东山词》作
　　"的的"。　　"盼睐"，《东山词上》作"眄睐"。　　"先许"，《东
　　山词》作"相许"。　　"欲绾合欢"，《东山词》作"与写宜男"。
　　"风月逢迎"，《东山词》作"斜月朦胧"。　　"浅笑"，《东山词》
　　作"微笑"。　　"向睡鸭"二句，《东山词》作"便翡翠屏开，芙
　　蓉帐掩"。　　"羞把"，《东山词》作"与把"。　　"暗解"，《东
　　山词》作"偷解"。　　"烧灯"，《东山词》作"收灯"。　　"不
　　是"，《东山词》作"不见"。　　"却恨"，《东山词》作"翻恨"。
　　"酒困"，《东山词》作"酒暖"。

青玉案

　　凌波不过横塘路。但目送、芳尘去。锦瑟年华谁
与度。月台花榭，琐窗朱户，惟有春知处。　　碧云
冉冉蘅皋暮。彩笔新随断肠句。试问闲愁深几许。一
川烟草，满城风絮，梅子黄时雨。

【校记】"年华"，《东山词》作"华年"。　　"月台花榭"，《东山词》
　　作"月桥花院"。　　"惟有"，《东山词上》作"只有"。　　"碧
　　云"，《东山词》作"飞云"。　　"新随"，《东山词》作"新题"。

"试问闲愁深几许",《东山词》作"若问闲情都几许"。

柳色黄

薄雨催寒,斜照弄晴,春意空阔。长亭柳色才黄,远客一枝先折。烟横水际,映带几点归鸦,东风消尽龙沙雪。还记出门时,恰而今时节。　　将发。画楼芳酒,红泪清歌,顿成轻别。已是经年,杳杳音尘都绝。欲知方寸,共有几许清愁,芭蕉不展丁香结。枉望断天涯,两厌厌风月。

【校记】词牌名,《东山词补》作"石州引",正文与此区别较大,全
　　录如下:"薄雨收寒,斜照弄晴,春意空阔。长亭柳蓓才黄,倚马
　　何人先折。烟横水漫,映带几点归鸿,平沙销尽龙荒雪。犹记出
　　关来,恰如今时节。　　将发。画楼芳酒,红泪清歌,便成轻别。
　　回首经年,杳杳音尘都绝。欲知方寸,共有几许新愁,芭蕉不展
　　丁香结。憔悴一天涯,两厌厌风月。"

清平乐

小桃初谢。双燕还来也。记得年时寒食下。紫陌青门游冶。　　楚城满目春华。可堪游子思家。惟有夜来归梦,不知身在天涯。

望湘人

厌莺声到枕,花气动帘,醉魂愁梦相半。被惜

馀薰，带惊剩眼，几许伤春春晚。泪竹痕鲜，佩兰香老，湘天浓暖。记小江、风月佳时，屡约非烟游伴。　　须信鸾弦易断。奈云和再鼓，曲终人远。认罗袜无踪，旧处弄波清浅。青翰棹舣，白蘋洲畔。尽目临皋飞观。不解寄、一字相思，幸有归来双燕。

【校记】《东山词补》有词题"春思"。

踏莎行

急雨收春，斜风约水。浮红涨绿鱼文起。年年游子惜馀春，春归不解招游子。　　留恨城隅，关情纸尾。阑干长对西曛倚。鸳鸯俱是白头时，江南渭北三千里。

感皇恩

兰芷满汀洲，游丝横路。罗袜尘生步。回顾。整鬓颦黛，脉脉多情难诉。细风吹柳絮。人南渡。　　回首旧游，山无重数。花底深朱户。何处。半黄梅子，向晚一帘疏雨。断魂分付与。春归去。

【校记】"汀洲"，《东山词》作"芳洲"。　　"回顾"，《东山词》作"迎顾"。　　"多情难诉"，《东山词》作"两情难语"。　　"归去"，《东山词》作"将去"。

六州歌头 韩元吉 无咎

东风着意。先上小桃枝。红粉腻。娇如醉。倚朱扉。记年时。隐映新妆面。临水岸。春将半。云日暖。斜阳转。夹城西。草软沙平，骤马垂杨渡，玉勒争嘶。认蛾眉凝笑，脸薄拂胭脂。绣户曾窥。恨依依。　　昔携手处。香如雾。红随步。怨春迟。消瘦损。凭谁问。只花知。泪空垂。旧日堂前燕，和烟雨，又双飞。人自老。春长好。梦佳期。前度刘郎，几许风流地，也自应悲。但茫茫暮霭，目断武陵溪。往事难追。

【校记】"妆面"，原作"装面"，据《南涧诗馀》改。　　"斜阳"，《南涧诗馀》作"斜桥"。　　"沙平"，《南涧诗馀》作"莎平"。　　"骤马"，《南涧诗馀》作"跋马"。　　"昔携手"，《南涧诗馀》作"共携手"。　　"也自"，《南涧诗馀》作"花也"。

辛弃疾

字幼安，历城人。

青玉案 元夕

东风夜放花千树。更吹陨、星如雨。宝马雕车香满路。凤箫声动，玉壶光转，一夜鱼龙舞。　　蛾儿雪柳黄金缕。笑语盈盈暗香去。众里寻他千百度。蓦然回首，那人却在，灯火阑珊处。

【校记】"吹陨"，《稼轩长短句》作"吹落"。

踏莎行 中秋后二夕带湖篆冈小酌

夜月楼台，秋香院宇。笑吟吟地人来去。是谁秋到便凄凉，当年宋玉悲如许。　　随分杯盘，等闲歌舞。问他有甚堪悲处。思量却也有悲时，重阳节近多风雨。

【校记】词题，《稼轩长短句》"中秋"作"庚戌中秋"。

念奴娇 书东流村壁

野塘花落，又匆匆过了，清明时节。划地东风欺客梦，一枕云屏寒怯。曲岸持觞，垂杨系马，此地曾经别。楼空人去，旧游飞燕能说。　　闻道绮陌东头，行人曾见，帘底纤纤月。旧恨春江流不尽，新恨云山千叠。料得明朝，尊前重见，镜里花难折。也应惊问，近来多少华发。

【校记】"野塘"，《稼轩长短句》作"野棠"。　　"经别"，《稼轩长短句》作"轻别"。　　"不尽"，《稼轩长短句》作"不断"。

破阵子　为陈同甫赋壮词以寄之

醉里挑灯看剑，梦回吹角连营。八百里分麾下炙，五十弦翻塞外声。沙场秋点兵。　　马作的卢飞快，弓如霹雳弦惊。了却君王天下事，赢得生前身后名。可怜白发生。

满江红

家住江南，又过了、清明寒食。花径里、一番风雨，一番狼藉。红粉暗随流水去，园林渐觉清阴密。算年年、落尽刺桐花，寒无力。　　庭院静，空相忆。无处说，闲愁极。怕流莺乳燕，得知消息。尺素如今何处也，绿云依旧无踪迹。漫教人、羞去上层楼，平芜碧。

【校记】《稼轩词乙集》有词题"暮春"。　　"刺桐花"，《稼轩长短句》作"拆桐花"。　　"无处说"，《稼轩长短句》作"无说处"。　　"绿云"，《稼轩长短句》作"彩云"。

敲碎离愁，纱窗外、风摇翠竹。人去后、吹箫声断，倚楼人独。满眼不堪三月暮，举头已觉千山绿。但试把、一纸寄来书，从头读。　　相思字，空盈幅。相思意，何时足。滴罗襟点点，泪珠盈掬。芳草不迷行客路，垂杨只碍离人目。最苦是、立尽月黄昏，阑干曲。

满江红　江行简杨济翁、周显先。

过眼溪山，怪都是、旧时曾识。还记得、梦中行遍，江南江北。住处径须携杖去，能消几两平生屐。笑尘劳、三十九年非，长为客。　　吴楚地，东南坼。英雄事，曹刘敌。被西风吹尽，了无尘迹。楼观甫成人已去，旌旗未卷头先白。叹人生、哀乐转相寻，今犹昔。

【校记】"都是"，《稼轩长短句》作"都似"。　　"甫成"，《稼轩长短句》作"才成"。　　"人生"，《稼轩长短句》作"人间"。

水调歌头　舟次扬州，和杨济翁、周显先韵。

落日塞尘起，胡马猎清秋。汉家组练十万，列舰耸层楼。谁道投鞭飞渡，忆昔鸣镝血污，风雨佛狸愁。季子正年少，匹马黑貂裘。　　今老矣，搔白首，过扬州。倦游欲去江上，手种橘千头。二客东南名胜，万卷诗书事业，尝试与君谋。莫射南山虎，直觅富平侯。

【校记】"虏马",《稼轩长短句》作"胡骑"。　　"列槛",《稼轩长
短句》作"列舰"。　　"镝鸣",《稼轩长短句》作"鸣髇"。
"富平",《稼轩长短句》作"富民"。

贺新郎 别茂嘉十二弟

　　绿树听啼鴂。更那堪、杜鹃声住,鹧鸪声切。啼
到春归无啼处,苦恨芳菲都歇。算未抵、人间离别。
马上琵琶关塞黑,更长门、翠辇辞金阙。看燕燕,送
归妾。　　将军百战身名裂。向河梁、回头万里,故
人长绝。易水萧萧西风冷,满座衣冠似雪。正壮士、
悲歌未彻。啼鸟还知如许恨,料不啼清泪长啼血。谁
伴我,醉明月。

【眉评】上阕:北都旧恨。
　　　　下阕:南渡新恨。
【校记】词题,题后《稼轩长短句》尚有"鹈鴂、杜鹃实两种,见
《离骚补注》"。　　"啼鴂",《稼轩长短句》作"鹈鴂"。　　"杜
鹃声住,鹧鸪声切",《稼轩长短句》作"鹧鸪声住,杜鹃声
切"。　　"无啼处",《稼轩长短句》作"无寻处"。　　"伴我",
《稼轩长短句》作"共我"。

贺新郎 赋琵琶

　　凤尾龙香拨。自开元、霓裳曲罢,几番风月。最

苦浔阳江头客，画舸亭亭待发。记出塞、黄云堆雪。马上离愁三万里，望昭阳、宫殿孤鸿没。弦解语，恨难说。　　辽阳驿使音尘绝。琐窗寒、轻拢慢捻，泪珠盈睫。推手含情还却手，一抹凉州哀彻。千古事、云飞烟灭。贺老定场无消息，想沉香、亭北繁华歇。弹到此，为呜咽。

【眉评】"记出塞"三句：谪逐正人，以致离乱。

　　　　　"贺老"二句：晏安江沱，不复北望。

【校记】"凉州"，《稼轩长短句》作"梁州"。

木兰花慢 滁州送花倅

老来情味减，对别酒、怯流年。况屈指中秋，十分好月，不照人圆。无情水都不管，共西风只管送归船。秋晚莼鲈江上，夜深儿女灯前。　　征衫。便好去朝天。玉殿正思贤。想夜半承明，留教视草，却遣筹边。长安故人问我，道愁肠殢酒只依然。目断秋霄落雁，醉来时响空弦。

【校记】词题，《稼轩长短句》作"滁州送范倅"。

摸鱼儿 淳熙己亥，自湖北漕移湖南，同官王正之置酒小山亭赋。

更能消、几番风雨。匆匆春又归去。惜春长怕花开早，何况落红无数。春且住。见说道、天涯芳草无归路。怨春不语。算只有殷勤，画檐蛛网，尽日惹飞絮。　　长门事，准拟佳期又误。蛾眉曾有人妒。千金纵买相如赋，脉脉此情谁诉。君莫舞。君不见、玉环飞燕皆尘土。闲愁最苦。休去倚危阑，斜阳正在，烟柳断肠处。

【校记】词题"小山亭赋"，《稼轩长短句》作"小山亭为赋"。

太常引 建康中秋夜为吕潜叔赋

一轮秋影转金波。飞镜又重磨。把酒问姮娥。被白发、欺人奈何。　　乘风好去，长安万里，直下看山河。斫去桂婆娑。人道是、清光更多。

【眉评】所指甚多，不止秦桧一人而已。

【校记】词题，《稼轩词丙集》"吕潜叔"作"吕叔潜"。　　"长安"，《稼轩长短句》作"长空"。

水龙吟 过南涧双溪楼

举头西北浮云，倚天万里须长剑。人言此地，夜深长见，斗牛光焰。我觉山高，潭空水冷，月明星淡。待燃犀下看，凭阑却怕，风雷怒、鱼龙惨。　　峡束沧江对起，过危楼、欲飞还敛。元龙老矣，不妨高卧，冰壶凉簟。千古兴亡，百年悲笑，一时登览。问何人又卸，片帆沙岸，系斜阳缆。

【眉评】欲抉浮云，必须长剑，长剑不可得出，安得不恨鱼龙？

【校记】词题"南涧"，《稼轩长短句》作"南剑"。　　"燃"，原作
"然"，据《稼轩长短句》改。

水龙吟

楚天千里清秋，水随天去秋无际。遥岑远目，
献愁供恨，玉簪螺髻。落日楼头，断鸿声里，江
南游子。把吴钩看了，阑干拍遍，无人会、登临
意。　　休说鲈鱼堪脍。尽西风、季鹰归未。求田问
舍，怕应羞见，刘郎才气。可惜流年，忧愁风雨，树
犹如此。倩何人唤取，红巾翠袖，揾英雄泪。

【校记】《稼轩长短句》有词题"登建康赏心亭"。　　"螺髻"，原作
"螺结"，据《稼轩长短句》改。

永遇乐　京口北固亭怀古

千古江山，英雄无觅，孙仲谋处。舞榭歌台，风
流总被，雨打风吹去。斜阳草树，寻常巷陌，人道寄
奴曾住。想当年、金戈铁马，气吞万里如虎。　　元
嘉草草，封狼居胥，赢得仓皇北顾。四十三年，望中
犹记，灯火扬州路。可堪回首，佛狸祠下，一片神鸦
社鼓。凭谁问、廉颇老矣，尚能饭否。

【眉评】有英主则可以隆中兴，此是正说。英主必起于草泽，此是
反说。

"元嘉"三句：继世图功，前车如此。

【校记】"封狼居胥"，原作"封狼居胥意"，据《稼轩长短句》改。"灯火"，《稼轩长短句》作"烽火"。

汉宫春 立春

春已归来，看美人头上，袅袅春幡。无端风雨，未肯收尽馀寒。年时燕子，料今宵、梦到西园。浑未辨、黄柑荐酒，更传青韭堆盘。　　却笑东风，从此便、熏梅染柳，更没些闲。闲时又来镜里，转变朱颜。清愁不断，问何人、会解连环。生怕见、花开花落，朝来塞雁先还。

【眉评】"春幡"九字，情景已极不堪。燕子犹记年时好梦。"黄柑"、"青韭"，极写晏安酖毒。换头又提动党祸。结用"雁"与"燕"激射，却捎带五国城旧恨。辛词之怨，未有甚于此者。

【校记】"浑未辨"，《稼轩长短句》作"浑未办"。

新荷叶 和赵德庄韵

人已归来，杜鹃欲劝谁归。绿树如云，等闲付与莺飞。兔葵燕麦，问刘郎、几度沾衣。翠屏幽梦，觉来水绕山围。　　有酒重携。小园随意芳菲。往日繁华，而今物是人非。春风半面，记当年、初识崔徽。南云雁少，锦书无个因依。

【眉评】以闲居反映朝局，一语便透。

蝶恋花 元日立春

谁向椒盘簪彩胜。整整韶华，争上春风鬓。往日
不堪重记省。为花常抱新春恨。　　春未来时先借
问。晚恨开迟，早又飘零近。今岁花期消息定。只愁
风雨无凭准。

【眉评】"今岁"句：然则依旧不定也。

【校记】"常抱"，《稼轩长短句》作"长把"。

清平乐 独宿博山王氏庵

绕床饥鼠。蝙蝠翻灯舞。屋上松风吹急雨。破纸
窗间自语。　　平生塞北江南。归来华发苍颜。布被
秋宵梦觉，眼前万里江山。

菩萨蛮 书江西造口壁

郁孤台下清江水。中间多少行人泪。西北是长
安。可怜无数山。　　青山遮不住。毕竟东流去。江
晚正愁余。山深闻鹧鸪。

【眉评】惜水怨山。

【校记】"是长安"，《稼轩长短句》作"望长安"。　　"东流"，《稼轩
长短句》作"江流"。

浪淘沙 山寺夜作

身世酒杯中。万事皆空。古来三五个英雄。雨打

风吹何处是，汉殿秦宫。　　梦入少年丛。歌舞匆匆。老僧夜半误鸣钟。惊起西窗眠不得，卷地西风。

【校记】词题，《稼轩长短句》作"山寺夜半闻钟"。

定风波　暮春漫兴

少日春怀似酒浓。插花走马醉千钟。老去逢春如病酒。唯有。茶瓯香篆小熏笼。　　卷尽残花风未定。休恨。花开原自要春风。试问春归谁得见。飞燕。来时相遇夕阳中。

【校记】"老去"，原作"老来"，据《稼轩长短句》改。　　"熏笼"，《稼轩长短句》作"帘栊"。

鹧鸪天　鹅湖归病起作

枕簟溪堂冷欲秋。断云依水晚来收。红莲相倚深如怨，白鸟无言定是愁。　　书咄咄，且休休。一丘一壑也风流。不知筋力衰多少，但觉新来懒上楼。

【校记】"枕簟"，原作"枕散"，据《稼轩长短句》改。　　"深如怨"，《稼轩长短句》作"浑如醉"。　　"定是愁"，《稼轩长短句》作"定自愁"。

辛弃疾下附录

临江仙　　　　　徐昌图

饮散离亭西去，浮生长恨飘蓬。回头烟柳渐重重。淡云孤雁远，寒日暮天红。　　今夜画船何处。潮平淮月朦胧。酒醒人静奈愁浓。残灯孤枕梦，轻浪五更风。

点绛唇　　　　　韩琦 稚圭

病起恹恹，画堂花谢添蕉萃。乱红飘砌。滴尽珍珠泪。　　惆怅前春，谁向花前醉。愁无际。武陵凝睇。人远波空翠。

【校记】"蕉萃"，《全宋词》作"憔悴"。　　"珍珠"，《全宋词》作"胭脂"。　　"凝睇"，《全宋词》作"回睇"。

苏幕遮　　　　　范仲淹 希文

碧云天，红叶地。秋色连波，波上寒烟翠。山映斜阳天接水。芳草无情，更在斜阳外。　　黯乡魂，追旅意。夜夜除非，好梦留人睡。明月楼高休独倚。酒入愁肠，化作相思泪。

【校记】《范文正公诗馀》有词题"怀旧"。　　"红叶"，《范文正公诗馀》作"黄叶"。　　　"旅意",《范文正公诗馀》作"旅思"。

御街行

纷纷堕叶飘香砌。夜寂静、寒声碎。珍珠帘卷玉楼空,天淡银河垂地。年年今夜,月华如练,长是人千里。　　　愁肠已断无由醉。酒未到、先成泪。残灯明灭枕头欹,谙尽孤眠况味。都来此事,眉间心上,无计相回避。

【校记】《范文正公诗馀》有词题"秋日怀旧"。　　　"堕叶",《范文正公诗馀》作"坠叶"。　　　"珍珠",《范文正公诗馀》作"真珠"。　　　"况味",《范文正公诗馀》作"滋味"。　　　"回避",《范文正公诗馀》作"违避"。

渔家傲

塞下秋来风景异。衡阳雁去无留意。四面边声连角起。千嶂里。长烟落日孤城闭。　　　浊酒一杯家万里。燕然未勒归无计。羌管悠悠霜满地。人不寐。将军白发征夫泪。

【校记】《范文正公诗馀》有词题"秋思"。

贺新凉　　　苏轼 子瞻

乳燕飞华屋。悄无人、槐阴转午,晚凉新浴。手弄生绡白团扇，扇手一时似玉。渐困倚、孤眠清熟。帘外谁来推绣户，枉教人、梦断瑶台曲。又却是，风敲竹。　　石榴半吐红巾蹙。待浮花、浪蕊都尽，伴君幽独。秾艳一枝细看取，芳意千重似束。又恐被、秋风惊绿。若待得君来向此，怕花前、对酒不忍触。共粉泪，两簌簌。

【校记】词牌名，《东坡乐府》作"贺新郎"。　　"槐阴"，《东坡乐府》作"桐阴"。　　"秾艳"，《东坡乐府》作"浓艳"。　　"芳意"，《东坡乐府》作"芳心"。　　"秋风"，吴讷《唐宋名贤百家词》本《东坡词》作"西风"。　　"怕花前"，《东坡乐府》作"花前"。

水龙吟　和章质夫杨花韵

　　似花还似非花，也无人惜从教坠。抛家傍路，思量却似，无情有思。萦损柔肠，困酣娇眼，欲开还闭。梦随风万里，寻郎去处，又还被、莺呼起。　　不恨此花飞尽，恨西园、落红难缀。晓来雨过，遗踪何在，一池萍碎。春色三分，二分尘土，一分流水。细看来不是，杨花点点，是离人泪。

【校记】词题，《东坡乐府》作"次韵章质夫《杨花》词"。　　"却似"，《东坡乐府》作"却是"。

卜算子　雁

　　缺月挂疏桐，漏断人初静。时见幽人独往来，缥

缈孤鸿影。　惊起却回头，有恨无人省。拣尽寒枝
不肯栖，寂寞沙洲冷。

【校记】词题，《东坡乐府》作"黄州定慧院寓居作"。　"时见"，
《东坡乐府》作"谁见"。　"寂寞沙洲"，《东坡乐府》作"枫落
吴江"。

临江仙 信州作　　　　晁补之 无咎

谪宦江城无屋买，残僧野老相依。松间药臼竹间
衣。水穷行到处，云起坐看时。　一个幽禽缘底
事，苦来醉耳边啼。月斜西院愈声悲。青山无限好，
犹道不如归。

【校记】"野老"，《晁氏琴趣外篇》作"野寺"。

忆少年

无穷官柳，无情画舸，无根行客。南山尚相送，
只高城人隔。　毵画园林溪绀碧。算重来、尽成陈
迹。刘郎鬓如此，况桃花颜色。

【校记】《晁氏琴趣外篇》有词题"别历下"。

满庭芳 赴信日舟中别次膺十二叔

鸥起蘋中，鱼惊荷底，画船天上来时。翠湾红渚，

宛似武陵迷。更晚青山更好，孤云带、远雨丝垂。清歌里，金尊未掩，谁使动分携。　　竹林高晋阮，阿咸萧散，犹愧风期。便弃官终隐，钓叟苔矶。纵是冥鸿云外，应念我、垂翼低飞。新词好，他年认取，天际片帆归。

迷神引 贬玉溪对江山作

黯黯青山红日暮。浩浩大江东注。馀霞散绮，回向烟波路。使人愁，长安远，在何处。几点渔灯小，迷近坞。一片客帆低，傍前浦。　　暗想平生，自悔儒冠误。觉阮途穷，归心阻。断魂索目，一千里、伤平楚。怪竹枝歌，声声怨，为谁苦。猿鸟一时啼，惊岛屿。烛暗不成眠，听津鼓。

【校记】"回向"，《晁氏琴趣外篇》无"回"字。　　"索目"，《晁氏琴趣外篇》作"素月"。

江梅引 洪皓 光弼

天涯除馆忆江梅。几枝开。使南来。还带馀杭、春信到燕台。准拟寒英聊慰远，隔山水，应销落 作平，赴诉谁。　　空恁遐想笑摘蕊。断回肠，思故里。漫弹绿绮。引三弄、不觉魂飞。更听胡笳、哀怨泪沾衣。乱插繁华须异日，待孤讽，怕东风，一夜吹。

【校记】《鄱阳词》有词序："顷留金国，四经除馆。十有四年，复馆于燕。岁在壬戌，甫临长至，张总侍御邀饮。众宾皆退，独留少款。侍婢歌《江梅引》，有"念此情、家万里"之句，仆曰："此词殆为我作也。"又闻本朝使命将至，感慨久之。既归，不寝，追和四章，多用古人诗赋，各有一笑字，聊以自宽。如暗香、疏影、相思等语，虽甚奇，经前人用者众，嫌其一律，故辄略之。卒押吹字，非风即笛，不可易也。此方无梅花，士人罕有知梅事者，故皆注所出。"此第一章，题"忆江梅"。　　"漫弹"二句，《鄱阳词》朱祖谋有校注："阁本作'强弹绿绮。引三叠、恍若魂飞'。"阁本指《四库全书》本《鄱阳集》。

一萼红　人日登长沙定王台　　姜夔 尧章

　　古城阴。有官梅几许，红萼未宜簪。池面冰胶，墙腰雪老，云意还又沉沉。翠藤共、闲穿径竹，渐笑语、惊起卧沙禽。野老林泉，故王台榭，呼唤登临。　　南去北来何事，荡湘云楚水，目极伤心。朱户黏鸡，金盘簇燕，空叹时序侵寻。记曾共、西楼雅集，想垂柳、还袅万丝金。待得归鞍到时，只怕春深。

【校记】词题，《白石道人歌曲》为小序："丙午人日，予客长沙别驾之观政堂。堂下曲沼，沼西负古垣，有卢橘幽篁，一径深曲。穿径而南，官梅数十株，如椒如菽，或红破白露，枝影扶疏。着屐苍苔细石间，野兴横生。亟命驾登定王台，乱湘流，入麓山，湘云低昂，湘波容与。兴尽悲来，醉吟成调。"　　"垂柳"，《白石道人歌曲》作"垂杨"。

暗香 石湖咏梅

旧时月色。算几番照我，梅边吹笛。唤起玉人，不管清寒与攀摘。何逊而今渐老，都忘却、春风词笔。但怪得、竹外疏花，香冷入瑶席。　　江国。正寂寂。叹寄与路遥，夜雪初积。翠尊易泣。红萼无言耿相忆。长记曾携手处，千树压、西湖寒碧。又片片、吹尽也，几时见得。

【眉评】"唤起"二句：盛时如此。

"何逊"二句：衰时如此。

"翠尊"二句：想其盛时。

"长记"二句：感其衰时。

【校记】词题，《白石道人歌曲》为小序："辛亥之冬，予载雪诣石湖。止既月，授简索句，且征新声，作此两曲。石湖把玩不已，使工妓肄习之，音节谐婉，乃名之曰《暗香》、《疏影》。"

疏影 前题

苔枝缀玉。有翠禽小小，枝上同宿。客里相逢，篱角黄昏，无言自倚修竹。昭君不惯胡沙远，但暗忆、江南江北。想佩环、月下归来，化作此花幽独。　　犹记深宫旧事，那人正睡里，飞近蛾绿。莫似春风，不管盈盈，早与安排金屋。还教一片随波去，又却怨、玉龙哀曲。等恁时、重觅幽香，已入小窗横幅。

【眉评】此词以"相逢"、"化作"、"莫似"六字作骨。

下阕：不能挽留，听其自为盛衰。

【校记】"月下"，《白石道人歌曲》作"月夜"。　　"重觅"，《白石道人歌曲》作"再觅"。

长亭怨慢

　　渐吹尽、枝头香絮。是处人家，绿深门户。远浦萦回，暮帆零乱向何许。阅人多矣。谁得似、长亭树。树若有情时，不会得、青青如此。　　日暮。望高城不见，只见乱山无数。韦郎去也，怎忘得、玉环分付。第一是、早早归来，怕红萼、无人为主。算只有并刀，难剪离愁千缕。

【校记】《白石道人歌曲》有小序："予颇喜自制曲，初率意为长短句，然后协以律，故前后阕多不同。桓大司马云：'昔年种柳，依依汉南。今看摇落，凄怆江潭。树犹如此，人何以堪。'此语予深爱之。"　　"只有"，《彊村丛书》本《白石道人歌曲》作"空有"。

念奴娇 荷花

　　闹红一舸，记年时、常与鸳鸯为侣。三十六陂人未到，水佩风裳无数。翠叶吹凉，玉容销酒，更洒菰蒲雨。嫣然摇动，冷香飞上诗句。　　日暮飞盖亭亭，情人不见，争忍凌波去。只恐舞衣寒易落，愁入西风南浦。高柳垂阴，老鱼吹浪，留我花间住。田田多少，几回沙际归路。

【校记】词题,《白石道人歌曲》为小序:"予客武陵,湖北宪治在焉。古城野水,乔木参天。予与二三友日荡舟其间,薄荷花而饮,意象幽闲,不类人境。秋水且涸,荷叶出地寻丈,因列坐其下,上不见日,清风徐来,绿云自动,间于疏处窥见游人画船,亦一乐也。揭来吴兴,数得相羊荷花中。又夜泛西湖,光景奇绝。故以此句写之。" "年时",《白石道人歌曲》作"来时"。 "常与",《白石道人歌曲》作"尝与"。 "飞盖",《白石道人歌曲》作"青盖"。

淡黄柳 合肥

空城晓角。吹入垂杨陌。马上单衣寒恻恻。看尽鹅黄嫩绿,都是江南旧相识。 正岑寂。明朝又寒食。强携酒,小桥宅。怕梨花落尽成秋色。燕燕飞来,问春何在,唯有池塘自碧。

【校记】词题,《白石道人歌曲》为小序:"客居合肥南城赤阑桥之西,巷陌凄凉,与江左异。唯柳色夹道,依依可怜。因度此阕,以纾客怀。" "小桥",《白石道人歌曲》作"小乔"。

凄凉犯 合肥秋夕

绿杨巷陌。西风起、边城一片离索。马嘶渐远,人归甚处,戍楼吹角。情怀正恶。更衰草、寒烟淡薄。似当时、将军部曲,迤逦度沙漠。 追念西湖上,小舫携歌,晚花行乐。旧游在否,想如今、翠凋红落。漫写羊裙,等新雁、来时系着。怕匆匆、不肯寄与,误后约。

【校记】词题，《白石道人歌曲》为小序："合肥巷陌皆种柳，秋风夕起骚骚然。予客居阖户，时闻马嘶。出城四顾，则荒烟野草，不胜凄黯，乃著此解。琴有凄凉调，假以为名。凡曲言犯者，谓以宫犯商、商犯宫之类。如道调宫上字住，双调亦上字住。所住字同，故道调曲中犯双调，或于双调曲中犯道调，其他准此。唐人乐书云：'犯有正、旁、偏、侧。宫犯宫为正，宫犯商为旁，宫犯角为偏，宫犯羽为侧。'此说非也。十二宫所住字各不同，不容相犯，十二宫特可犯商、角、羽耳。予归行都，以此曲示国工田正德，使以哑觱栗吹之，其韵极美。亦曰《瑞鹤仙影》。""西风"，《白石道人歌曲》作"秋风"。

侧犯 芍药

恨春易去。甚春却向扬州住。微雨。正茧栗梢头、弄诗句。红桥二十四，总是行云处。无语。渐半脱宫衣、笑相顾。　　金壶细叶，千朵围歌舞。谁念我、鬓成丝，来此共尊俎。后日西园，绿阴无数。寂寞刘郎，自修花谱。

【校记】词题，《白石道人歌曲》作"咏芍药"。

惜红衣 荷花

枕簟邀凉，琴书换日，睡馀无力。细洒冰泉，并刀破甘碧。墙头唤酒，谁问讯、城南诗客。岑寂。高树晚蝉，说西风消息。　　虹梁水陌。鱼浪吹香，红衣半狼籍。维舟试望，故国渺天北。可惜

渚边沙外，不共美人游历。问甚时同赋，三十六陂
秋色。

【校记】词题，《白石道人歌曲》为小序："吴兴号水晶宫，荷花盛丽。
　　陈简斋云：'今年何以报君恩。一路荷花相送到青墩。'亦可见矣。
　　丁未之夏，予游千岩，数往来红香中。自度此曲，以无射宫歌
　　之。" "枕簟"，《白石道人歌曲》作"簟枕"。 "高树"，《彊
　　村丛书》本《白石道人歌曲》作"高柳"。 "渚边"，《白石道
　　人歌曲》作"柳边"。

琵琶仙 吴兴

　　双桨来时，有人似、旧曲桃根桃叶。歌扇轻约飞
花，蛾眉正奇绝。春渐远、汀洲自绿，更添了、几
声啼鸩。十里扬州，三生杜牧，前事休说。　　又还
是、宫烛分烟，奈愁里、匆匆换时节。都把一襟芳
思，与空阶榆荚。千万缕、藏鸦细柳，为玉尊、起舞
回雪。想见西出阳关，故人初别。

【眉评】"又还是"四句：四句顺逆相足。
【校记】词题，《白石道人歌曲》为小序："《吴都赋》云：'户藏烟浦，
　　家具画船。'唯吴兴为然。春游之盛，西湖未能过也。己酉岁，予
　　与萧时父载酒南郭，感遇成歌。"

翠楼吟 武昌安远楼成

　　月冷龙沙，尘清虎落，今年汉酺初赐。新翻胡部

曲，听毡幕、元戎歌吹。层楼高峙。看槛曲萦红，檐牙飞翠。人姝丽。粉香吹下，夜寒风细。　　此地。宜有神仙，拥素云黄鹤，与君游戏。玉梯凝望久，叹芳草、萋萋千里。天涯情味。仗酒祓清愁，花消英气。西山外。晚来还卷，一帘秋霁。

【眉评】下阕：此地宜得人才，而人才不可得。

【校记】词题，《白石道人歌曲》为小序："淳熙丙午冬，武昌安远楼成，与刘去非诸友落之，度曲见志。予去武昌十年，故人有泊舟鹦鹉洲者，闻小姬歌此词，问之，颇能道其事，还吴为予言之。兴怀昔游，且伤今之离索也。"　"神仙"，《白石道人歌曲》作"词仙"。

朝中措　　　　　　陆游 务观

怕歌愁舞懒逢迎。妆晚托春酲。总是向人深处，当时枉道无情。　　关心近日，啼红密诉，剪绿深盟。杏馆花阴恨浅，画堂银烛嫌明。

【校记】《放翁词》有词题"代谭德称作"。　"妆晚"，原作"装晚"，据《放翁词》改。

极相思

江头疏雨轻烟。寒食落花天。翻红坠素，残霞暗锦，一段凄然。　　惆怅东君堪恨处，也不念、冷落尊前。那堪更看，漫空相趁，柳絮榆钱。

鹊桥仙 夜闻杜鹃

茅檐人静，蓬窗灯暗，春晓连江风雨。林莺巢燕总无声，但月夜、常啼杜宇。　　催成清泪，惊残孤梦，又拣深枝飞去。故山犹自不堪听，况半世、飘然羁旅。

水龙吟　　　　　　　　　　陈亮 同甫

闹花深处层楼，画帘半卷东风软。春归翠陌，平莎茸嫩，垂杨金浅。迟日催花，淡云阁雨，轻寒轻暖。恨芳菲世界，游人未赏，都付与、莺和燕。　　寂寞凭高念远。向南楼、一声归雁。金钗斗草，青丝勒马，风流云散。罗绶分香，翠绡封泪，几多幽怨。正销魂又是，疏烟淡月，子规声断。

【校记】《中兴以来绝妙词选》有词题"春恨"。

孤鸾 梅　　　　　　　　　赵以夫 用父

江头春早。问江上寒梅，占春多少。自照疏星冷，只许春风到。幽香不知甚处，但迢迢、满河烟草。回首谁家竹外，有一枝斜好。　　记当年、曾共花前笑。念玉雪襟期，有谁知道。唤起罗浮梦，正参横月小。凄凉更吹塞管，漫相思、鬓毛惊老。待觅西湖半曲，对霜天清晓。

【校记】"江头"，《虚斋乐府》作"江南"。　　　"满河"，《虚斋乐府》

作"满汀"。　　"鬓毛",《虚斋乐府》作"鬓华"。

龙山会 九日

　　九日无风雨。一笑凭高,浩气横秋宇。群峰青可数。寒城小、一水萦回如缕。西北最关情,漫遥指、东徐南楚。黯消魂,斜阳冉冉,雁声悲苦。　　今朝寒菊依然,重上南楼,草草成欢聚。诗朋休浪赋。旧题处、俯仰已随尘土。莫放酒行疏,清漏短、凉蟾当午。也全胜、白衣未至,独醒凝伫。

【校记】词题,《虚斋乐府》作小序:"去年九日,登南涧无尽阁,野涉赋诗,仆与东溪、药窗诸友皆和。今年陪元戎游升山,诘朝始克修故事,则向之龙蛇满壁者,易以山水矣,拍栏一笑。游兄、几叟分韵得苦字,为歌商调龙山会。"　　"寒菊",《虚斋乐府》作"黄菊"。

沁园春 送陈起莘归长乐　　　　陈经国

　　过了梅花,纵有春风,不如早还。正燕泥日暖,草绵别路,莺朝烟淡,柳拂征鞍。黎岭天高,建溪雷吼,归好不知行路难。龟山下,渐杨梅初熟,卢橘犹酸。　　名场老我间关。分岁晚诛茅湖上山。叹龙舒君去,尚留破砚,鱼轩人老,长把连环。镜影霜侵,衣痕尘暗,赢得狂名传世间。君归日,见家林旧竹,为报平安。

【校记】陈经国，一名陈人杰。　　"杨梅"，《龟峰词》作"青梅"。

满江红 九日冶城楼 　　　　方岳 巨山

　　且问黄花，陶令后、几番重九。应解笑、秋崖人老，不堪诗酒。宇宙一舟吾倦矣，山河两戒君知否。倚秋风、无奈剑花寒，虬龙吼。　　江欲醮，谈天口。秋何负，持螯手。尽石麟芜没，断烟衰柳。故国山围青玉案，何人印佩黄金斗。倘只消、江左管夷吾，终须有。

【校记】"君知否"，《秋崖词》作"天知否"。　　"秋风"，《秋崖词》作"西风"。

水调歌头 平山堂用东坡韵

　　秋雨一何碧，山色倚晴空。江南江北愁思，分付酒螺红。芦叶蓬舟千里，菰菜莼羹一梦，无语寄归鸿。醉眼渺河洛，遗恨夕阳中。　　蘋洲外，山欲暝，敛眉峰。人间俯仰陈迹，叹息两仙翁。不见当时杨柳，只是从前烟雨，磨灭几英雄。天地一孤啸，匹马又西风。

水调歌头 九日多景楼

　　醉我一壶玉，了此十分秋。江涛还比当日，击楫渡中流。问讯重阳烟雨，俯仰人间今古，此意渺沧洲。天地几今夕，举白与君浮。　　旧黄花，新白发，笑重游。满船明月犹在，何日大刀头。谁跨扬州鹤去，已怨故山猿老，借箸欲前筹。莫倚阑干北，天际是神州。

【校记】词题，《秋崖词》作"九日多景楼用吴侍郎韵"。 "还比"，《秋崖词》作"还此"。

蝶恋花 秋怀

雁落寒沙秋恻恻。明月芦花，共是江南客。骑鹤楼高边羽急。柔情不尽淮山碧。　　世路只催双鬓白。菰菜莼羹，正自令人忆。归梦不知江水隔。烟帆飞过平如席。

【校记】词题，《秋崖词》作"用韵秋怀"。

贺新郎　　　　蒋捷 胜欲

渺渺啼鸦了。亘鱼天、寒生峭屿，五湖秋晓。竹几一灯人作梦，嘶马谁行古道。起搔首、窥星多少。月有微黄篱无影，挂牵牛、数朵青花小。秋太淡，添红枣。　　愁痕倚赖西风扫。被西风、翻催鬓鬓，与秋俱老。旧院隔霜帘不卷，金粉屏边醉倒。计无此、中年怀抱。万里江南吹箫恨，恨参差、白雁横天渺。烟未敛，楚山杳。

【校记】《竹山词》有词题"秋晓"。 "作梦"，《竹山词》作"做梦"。

梦冷黄金屋。叹秦筝、斜鸿阵里，素弦尘扑。化作娇莺飞归去，犹认窗纱旧绿。正过雨、荆桃如菽。此恨难平君知否，似琼台、涌起弹棋局。消瘦影，嫌明烛。　　鸳楼碎泻东西玉。问芳踪、何时再展，翠钗难卜。待把宫眉横云样，描上生绡画幅。怕不是、新来装束。彩扇红牙今都在，恨无人、解听开元曲。空掩袖，倚寒竹。

【校记】汲古阁本《竹山词》有词题"怀旧"。　　"窗纱"，《竹山词》作"纱窗"。　　"芳踪"，《竹山词》作"芳悰"。

瑞鹤仙 乡城见月

绀烟迷雁迹。渐碎鼓零钟，街喧初息。风檠背寒壁。放冰蟾飞到，蛛丝帘隙。琼魂暗泣。念乡关、霜芜似织。漫将身、化鹤归来，忘却旧游端的。　　欢极。蓬壶蕖浸，花院梨溶，醉连春夕。柯云罢弈。樱桃在，梦难觅。劝清光，乍可幽窗相照，休照红楼夜笛。怕人间、换谱伊凉，素娥未识。

【校记】"碎鼓"，《竹山词》作"断鼓"。　　"蛛丝"，《竹山词》作"丝丝"。　　"琼魂"，《竹山词》作"琼瑰"。　　"相照"，《竹山词》作"相伴"。

女冠子 元夕

蕙花香也。雪晴池馆如画。春风飞到，宝钗楼上，一片笙箫，琉璃光射。而今灯漫挂。不是暗尘明月，那时元夜。况年来、心懒意怯_{作平}，羞与蛾儿争耍。　　江城人悄初更打。问繁华谁解，再向天公借。剔残红炧。但梦里隐隐，钿车罗帕。吴笺银粉砑。待把旧家风景，写成闲话。笑绿鬓邻女，倚窗犹唱，夕阳西下。

【校记】"蛾儿"，原作"睋儿"，据《竹山词》改。

绛都春

春愁怎画。正莺把带绿，荼䕷花谢。细雨院深，淡月廊斜重帘挂。归时记约烧灯夜。早拆尽、秋千红架。纵然归近，风光又是，翠阴初夏。　　姹娅。鞾青泫白，恨玉珮罢舞，芳尘凝榭。几拟倩人，付与香兰秋罗帕。知他堕策斜拢马。在底处、垂杨楼下。无言暗拥娇鬟，凤钗溜也。

【校记】"莺把带绿"，《竹山词》作"莺背带雪"。　　"早拆尽"，原作"早坼尽"，据《竹山词》改。　　"几拟"，原作"几疑"，据《竹山词》改。　　"姹娅"，《竹山词》作"娅姹"。

王沂孙

字圣与，会稽人。

南浦 春水

柳下碧粼粼，认曲尘乍生，色嫩如染。清溜满银塘，东风细、参差縠纹初遍。别君南浦，翠眉曾照波纹浅。再来涨绿迷旧处，添却残红几片。　　蒲萄过雨新痕，正拍拍轻鸥，翩翩小燕。帘影蘸楼阴，芳流去，应有泪珠千点。沧浪一舸，断魂重唱苹花怨。采香幽泾鸳鸯睡，谁道濂裙人远。

【眉评】碧山故国之思甚深，托意高，故能自尊其体。

【校记】"波纹"，《花外集》作"波痕"。　　"蒲萄"，《花外集》作"葡萄"。　　"幽泾"，《花外集》作"幽径"。

花犯 苔梅

古婵娟，苍鬟素靥，盈盈瞰流水。断魂十里。叹绀缕飘零，难系离思。故山岁晚谁堪寄。琅玕聊自倚。谩记我、绿篑冲雪，孤舟寒浪里。　　三花两蕊破蒙茸，依依似有恨，明珠轻委。云卧稳，蓝衣正、护春憔悴。罗浮梦、半蟾挂晓，幺凤冷、山中人乍起。又唤取、玉奴归去，馀香空翠被。

【眉评】赋物能将人、景、情、思一齐融入，最是碧山长处。由其心细、笔灵，取径曲、布势远故也。

不减白石风流。

无闷 雪意

阴积龙荒，寒度雁门，西北高楼独倚。怅短景无多，乱山如此。欲唤飞琼起舞，怕搅碎、纷纷银河水。冻云一片，藏花护玉，未教轻坠。　　清致。悄无似。有照水南枝，已挽春意。误几度凭栏，莫愁凝睇。应是梨花梦好，未肯放、东风来人世。待翠管、吹破苍茫，看取玉壶天地。

【眉评】何尝不峭拔，然略粗，此其所以为碧山之清刚也。白石好处，
　　无半点粗气矣。

【校记】"南枝"，《花外集》作"一枝"。

眉妩 新月

渐新痕悬柳，淡彩穿花，依约破初暝。便有团圆意，深深拜，相逢谁在香径。画眉未稳。料素娥、犹带离恨。最堪爱、一曲银钩小，宝帘挂秋冷。　　千古盈亏休问。叹漫磨玉斧，难补金镜。太液池犹在，凄凉处、何人重赋清景。故山夜永。试待他、窥户端正。看云外山河，还老桂花旧影。

水龙吟 牡丹

晓寒慵揭珠帘，牡丹院落花开未。玉阑干畔，

柳丝一把，和风半倚。国色微酣，天香乍染，扶
春不起。自真妃舞罢，谪仙赋后，繁华梦、如流
水。　　池馆家家芳事。记当时、买栽无地。争如一
朵，幽人相对，水边竹际。把酒花前，剩拚醉了，醒
来还醉。怕洛中、春色匆匆，又入杜鹃声里。

【校记】"相对"，《花外集》作"独对"。

水龙吟 海棠

世间无此娉婷，玉环未破东风睡。将开半敛，
似红还白，馀花怎比。偏占年华，禁烟才过，夹
衣初试。叹黄州一梦，燕宫绝笔，无人解、看花
意。　　犹记花阴同醉。小阑干、月高人起。千枝媚
色，一庭芳景，清寒似水。银烛延娇，绿房留艳，夜
深花底。怕明朝、小雨蒙蒙，便化作、燕支泪。

【校记】"偏占"，原作"偏古"，据《花外集》改。　　"蒙蒙"，《花
　　外集》作"濛濛"。

水龙吟 落叶

晓霜初着青林，望中故国凄凉早。萧萧渐积，
纷纷犹坠，门荒径悄。渭水风生，洞庭波起，几
番秋杪。想重崖半没，千峰尽出，山中路、无人
到。　　前度题红杳杳。溯宫沟、暗流空绕。啼螀未

歇，飞鸿欲过，此时怀抱。乱影翻窗，碎声敲砌，愁人多少。望吾庐甚处，只应今夜，满庭谁扫。

绮罗香

屋角疏星，庭阴暗水，犹记藏鸦新树。试折梨花，行入小阑深处。听粉片、簌簌飘阶，有人在、夜窗无语。料如今，门掩孤灯，画屏尘满断肠句。　　佳期浑似流水，还见梧桐几叶，轻敲朱户。一片秋声，应做两边愁绪。江路远、归雁无凭，写绣笺、倩谁将去。漫无聊，犹掩芳尊，醉听深夜雨。

【校记】《花外集》有词题"秋思"。　　"芳尊"，《花外集》作"芳樽"。

齐天乐 萤

碧痕初化池塘草，荧荧野光相趁。扇薄星流，盘明露滴，零落秋原飞磷。练裳暗近。记穿柳生凉，度荷分暝。误我残编，翠囊空叹梦无准。　　楼阴时过数点，倚阑人未睡，曾赋幽恨。汉苑飘苔，秦陵坠叶，千古凄凉不尽。何人为省。但隔水馀晖，傍林残影。已觉萧疏，更堪秋夜永。

齐天乐 蝉

绿槐千树西窗悄，厌厌昼眠惊睡。饮露身轻，吟风翅薄，半翦冰笺谁寄。凄凉倦耳。漫重拂琴丝，怕寻冠珥。短梦深宫，向人犹自诉憔悴。　　残红收尽过雨，晚来频断续，都是秋意。病叶难留，纤柯易老，空忆斜阳身世。窗明月碎。甚已绝馀音，尚遗枯蜕。鬓影参差，断魂青镜里。

【眉评】此身世之感。

【校记】词题，《乐府补题》作"余闲书院拟赋蝉"。　　"惊睡"，《花外集》作"惊起"。　　"残红"，《花外集》作"残虹"。

　　一襟馀恨宫魂断，年年翠阴庭树。乍咽凉柯，还移暗叶，重把离愁深诉。西窗过雨。怪瑶佩流空，玉筝调柱。镜暗妆残，为谁娇鬓尚如许。　　铜仙铅泪似洗，叹移盘去远，难贮零露。病翼惊秋，枯形阅世，消得斜阳几度。馀音更苦。甚独抱清商，顿成凄楚。漫想熏风，柳丝千万缕。

【眉评】此家国之恨。

【校记】"如许"，原作"如此"，据《花外集》改。　　"清商"，《花外集》作"清高"。

三姝媚 次周公瑾故京送别韵

　　兰缸花半绽。正西窗凄凄，断萤新雁。别久逢稀，漫相看华发，共成销黯。总是飘零，更休赋、梨花秋苑。何况如今，离思难禁，俊才都减。　　今夜山高江浅。又月落帆空，酒醒人远。彩袖乌丝，解愁人惟有，断歌幽婉。一信东风，再约看、红腮青眼。只恐扁舟西去，蘋花弄晚。

【校记】"乌丝"，《花外集》作"乌纱"。

庆清朝 榴花

玉局歌残，金陵句绝，年年负却薰风。西邻窈窕，独怜入户飞红。前度绿阴载酒，枝头色比似裙同。何须拟，蜡珠作蒂，湘彩成丛。　　谁在旧家殿阁，自太真仙去，扫地春空。朱幡护取，如今应误花工。颠倒绛英满径，想无车马到山中。西风后，尚馀数点，还胜春浓。

【校记】"似裙"，《花外集》作"舞裙"。

高阳台

浅萼梅酸，新沟水绿，初晴节序暄妍。独立雕阑，谁怜枉度华年。朝朝准拟清明近，料燕翎、须寄吟笺。又争知，一字相思，不到吟边。　　双蛾不拂青鸾冷，任花阴寂寂，掩户闲眠。屡卜佳期，无凭却恨金钱。何人寄与天涯信，趁东风、急整归鞭。纵飘零，满院杨花，犹是春前。

【校记】"浅萼"，《花外集》作"残萼"。　　"吟笺"，《花外集》作"银笺"。　　"归鞭"，《花外集》作"归船"。

高阳台 西麓陈君衡远游未还，周公瑾有怀人之赋，倚其歌而和之。

驼褐轻装，狨鞯小队，冰河夜渡流澌。朔雪平沙，飞花乱拂蛾眉。琵琶已是凄凉调，更赋情、不比当时。想如今，人在龙庭，初劝金卮。　　一枝芳信应难寄，向山边水际，独抱相思。江雁孤回，天涯人自归迟。归来依旧秦淮碧，问此愁、还有谁知。对东风，空似垂杨，零乱千丝。

【校记】小序，《花外集》作"陈君衡远游未还，周公谨有怀人之赋，倚歌和之"。　　"狨"，原作"骢"，据《花外集》改。

高阳台

残雪庭阴，轻寒帘影，霏霏玉管春葭。小帖金泥，不知春是谁家。相思一夜窗前梦，奈个人、水隔天遮。但凄然，满树幽香，满地横斜。　　江南自是离愁苦，况游骢古道，归雁平沙。怎得银笺，殷勤与说年华。如今处处生芳草，纵凭高、不见天涯。更消他，几度东风，几度飞花。

【校记】《花外集》有词题"和周草窗寄越中诸友韵"。　　"春是"，《花外集》作"春在"。

扫花游

小庭荫碧，遇骤雨疏风，剩红如扫。翠交径小。

问攀条弄蕊，有谁重到。漫说青青，比似花时更好。怎知道。一别汉南，遗恨多少。　　清昼人悄悄。任密护帘寒，暗迷窗晓。旧盟误了。又新枝嫩子，总随春老。渐隔相思，极目长亭路杳。搅怀抱。听蒙茸、数声啼鸟。"一别"句本应五字，减一字耳。红友《词律》未及，是误忘检校也。按此类甚多，若依红友，即应另列一体矣。

【眉评】伤盛时易去。

【校记】"一别"，《花外集》作"□一别"，《宋七家词选》作"自一别"。

　　卷帘翠湿，过几阵残寒，几番风雨。问春住否。但匆匆暗里，换将花去。乱碧迷人，总是江南旧树。漫凝伫。念昔日采香，人更何许。　　芳径携酒处。又荫得青青，嫩苔无数。故林晚步。想参差渐满，野塘山路。倦枕闲床，正好微曛院宇。送凄楚。怕凉声、又催秋暮。

【眉评】刺朋党日繁。

【校记】"人更"，《花外集》作"今更"。

琐窗寒

　　趁酒梨花，催诗柳絮，一窗春怨。疏疏过雨，洗尽满阶芳片。数东风、二十四番，几番误了西园宴。认小帘朱户，不如飞去，旧巢双燕。　　曾见。双蛾浅。自别后多应，黛痕不展。扑蝶花阴，怕看题诗团扇。试凭他、流水寄情，溯红不到春更远。但无聊、病酒厌厌，夜月荼蘼院。

【校记】词牌名，《花外集》作"锁窗寒"。 《花外集》有词题"春思"。

望 梅

画阑人寂。喜轻盈照水，犯寒先坼。袅数枝、云缕鲛绡，露浅浅涂黄，汉宫娇额。剪玉裁冰，已占断、江南春色。恨风前素艳，雪里暗香，偶成抛掷。

如今眼穿故国。待拈花嗅蕊，时话思忆。想陇头、依约飘零，甚千里芳心，杳无消息。粉怯珠愁，又只恐、吹残羌笛。正斜飞、半窗晓月，梦回陇驿。

【校记】此词《词综》作王沂孙词，《梅苑》作无名氏词。 "画阑"，《花外集》作"昼闲"。 "嗅蕊"，《花外集》作"弄蕊"。

王沂孙下附录

点绛唇 草 　　　　　林逋 君复

金谷年年，乱生春色谁为主。馀花落处。满地和烟雨。　　又是离歌，一阕长亭暮。王孙去。萋萋无数。南北东西路。

浣溪沙 泛舟还馀英馆 　　　　毛滂 泽民

烟柳风蒲冉冉斜。小窗不用着帘遮。载将山影转湾沙。　　略彴断时分岸色，蜻蜓立处过汀花。此情此水共天涯。

惜分飞

泪湿阑干花着露。愁到眉峰碧聚。此恨平分取。更无言语空相觑。　　断雨残云无意绪。寂寞朝朝暮暮。今夜山深处。断魂分付潮回去。

【校记】《东堂词》有词题"富阳僧舍代作别语"。　　"断雨"，《东堂词》作"短雨"。

最高楼

微雨过，深院芰荷中。香冉冉，绣重重。玉人共倚阑干角，月华犹在小池东。入人怀，吹鬓影，可怜风。　　分散去、轻如云与叶。剩下了、许多风与月。侵枕簟，冷帘栊。刚能小睡还惊觉，略成轻醉早惺忪。仗行云，将此恨，到眉峰。

【校记】《东堂词》有词题"散后"。　　"云与叶"，《东堂词》作"云与梦"。

木兰花 盱眙作

长安回首空云雾。春梦觉来无觅处。冷烟寒雨又黄昏，数尽一堤杨柳树。　　楚山照眼青无数。淮口潮生催晓度。西风吹面立苍茫，欲寄此情无雁去。

【校记】词题，《东堂词》作"至盱眙作"。　　"晓度"，《东堂词》作"晓渡"。

丑奴儿慢 　　　　　　潘元质

愁春未醒，还是清和天气。对浓绿阴中庭院，燕语莺啼。数点新荷翠钿，轻泛水平池。一帘风絮，才晴又雨，梅子黄时。　　忍记那回，玉人娇困，初试单衣。共携手、红窗描绣，画扇题诗。怎有而今，半床明月两天涯。章台何处，多应为我，蹙损双眉。

清平乐 柳花　　　　　吕本中 居仁

柳塘新涨。艇子操双桨。闲倚曲楼成怅望。是处春愁一样。　　傍人几点飞花。夕阳又送栖鸦。试问画楼西畔，暮云恐近天涯。

【校记】词题，《中兴以来绝妙词选》作"柳塘书事"。　　"曲楼"，《中兴以来绝妙词选》作"曲栏"。

洞仙歌 荷风　　　　康与之 伯可

若耶溪路。别岸花无数。欲敛娇红向人语。与绿荷、相倚恨，回首西风，波淼淼，三十六陂烟雨。　　新装明照水，汀渚生香，不嫁东风被谁误。遣跰蹰、骚客意，千里绵绵，仙浪远、何处凌波微步。想南浦潮生画桡归，正月晓风清，断肠疑伫。

【校记】词题，《中兴以来绝妙词选》作"荷花"。　　"新装"，《中兴以来绝妙词选》作"新妆"。

霜天晓角 梅　　　　范成大 致能

晚晴风歇。一夜春堪折。脉脉花疏天淡，云来去、数枝月。　　胜绝。愁更绝。此情谁与说。惟有两行低雁，知人倚、阑干雪。

【校记】"春堪"，《石湖词》作"春威"。　　"数枝月"，《石湖词》作"数枝雪"。　　"愁更绝"，《石湖词》作"愁亦绝"。　　"谁与"，《全芳备祖》作"谁共"。　　"阑干雪"，《石湖词》作"画楼月"。

双双燕　　　　　　　　史达祖 邦卿

　　过春社了，度帘幕中间，去年尘冷。差池欲住，试入旧巢相并。还相雕梁藻井。又软语、商量不定。飘然快拂花梢，翠尾分开红影。　　芳径。芹泥雨润。爱贴地争飞，竞夸轻俊。红楼归晚，看足柳昏花暝。应自栖香正稳。便忘了、天涯芳信。愁损翠黛双蛾，日日画阑独凭。

【校记】词题，《梅溪词》作"咏燕"。

瑞鹤仙

　　杏烟娇湿鬓。过杜若汀洲，楚衣香润。回头翠楼近。指鸳鸯沙上，暗藏春恨。归鞭隐隐。便不念、芳痕未稳。自箫声、吹落云东，再数故园花信。　　谁问。听歌窗罅，倚月勾阑，旧家轻俊。芳心一寸。相思后，总灰尽。奈春风多事，吹花摇柳，也把幽情唤醒。对南溪、桃萼翻红，又成瘦损。

【校记】"芳痕"，《梅溪词》作"芳盟"。　　"勾阑"，《梅溪词》作"钩阑"，注云"元作钩"。

秋　霁

　　江水苍苍，望倦柳残荷，共感秋色。废阁先凉，古帘空暮，雁程最嫌风力。故园信息。爱渠入眼南山碧。念上国。谁是、脍鲈江汉未归客。　　还又岁晚，瘦骨临风，夜闻秋声，吹动岑寂。露蛩鸣、清灯冷屋，翻书愁上鬓先白。年少俊游浑断得。但可怜处，无奈冉冉魂惊，采香南浦，剪梅烟驿。

【校记】"残荷"，《梅溪词》作"愁荷"。　　"空暮"，《梅溪词》作"空莫"。　　"脍鲈"，《梅溪词》作"鳞鲈"。　　"露蛩鸣"，《梅溪词》作"露蛩悲"。　　"鬓先"，《梅溪词》作"鬓毛"。

解连环 孤雁　　　张炎 叔夏

楚江空晚。怅离群万里，恍然惊散。自顾影、欲下寒塘，正沙净草枯，水平天远。写不成书，只寄得、相思一点。叹因循误了，残毡拥雪，故人心眼。　　谁怜旅愁荏苒。漫长门夜悄，锦筝弹怨。想伴侣、犹宿芦花，也曾念春前，去程应转。暮雨相呼，怕蓦地、玉关重见。未羞他、双燕归来，画帘半卷。

【校记】"叹因循"，《山中白云》作"料因循"。

探春 雪霁

银浦流云，绿房迎晓，一抹墙腰月淡。暖玉生香，悬冰解冻，碎滴瑶阶如霰。才放些晴意，早瘦了、梅花一半。也知不作花香，东风何事吹散。　　摇落似成秋苑。甚酿得春来，怕教春见。野渡舟回，前村门掩，应是不胜清怨。次第寻芳去，灞桥外、蕙香波暖。犹听檐声，看灯人在深院。

【校记】调名，《山中白云》作"探春慢"。 "生香"，《山中白云》
作"生烟"。 "花香"，《山中白云》作"花看"。 "犹听"，
《山中白云》作"犹妒"。

高阳台 西湖春感

接叶巢莺，平波卷絮，断桥斜日归船。能几番游，看花又是明年。东风且伴蔷薇住，到蔷薇、春已堪怜。更凄然。万绿西泠，一抹寒烟。 当年燕子知何处，但苔深韦曲，草暗斜川。见说新愁，如今也到鸥边。无心再续笙歌梦，掩重门、浅醉闲眠。莫开帘。怕见飞花，怕听啼鹃。

【校记】"寒烟"，《山中白云》作"荒烟"。

度江云 次赵元甫韵

锦香缭绕地，深灯挂壁，帘影浪花斜。酒船归去后转首河桥，那处认纹纱。重盟镜约，还记得、前度秦嘉。惟只有、叶题堪寄，流不到天涯。 惊嗟。十年心事，几曲阑干，想萧娘声价。闲过了、黄昏时候，疏柳啼鸦。浦潮夜拥平沙净，问断鸿、知落谁家。书又远，空江片月芦花。

【校记】调名，《山中白云》作"渡江云"。 "平沙净"，《山中白

云》作"平沙白"。

绮罗香 红叶

万里飞霜，千山落木，寒艳不招春妒。枫冷吴江，独客又吟愁句。正船舣、流水孤村，似花绕、斜阳芳树。甚荒沟、一片凄凉，载情不去载愁去。　　长安谁问倦旅。羞见衰颜借酒，飘零如许。漫倚新装，不入洛阳花谱。为回风、起舞尊前，尽化作、断霞千缕。记阴阴、绿遍江南，夜窗听暗雨。

【校记】"千山"，《山中白云》作"千林"。　　"芳树"，《山中白云》作"归路"。

清平乐

候蛩凄断。人语西风岸。月落沙平江似练。望尽芦花无雁。　　暗教愁损兰成。可怜夜夜闲情。只有一枝梧叶，不知多少秋声。

【校记】"江似练。望尽芦花无雁"，四印斋本《山中白云词》作"流水漫。惊见芦花来雁"。　　"闲情"，四印斋本《山中白云词》作"关情"。

八声甘州 饯沈秋江

记玉关踏雪事清游。寒气敝貂裘。傍枯林古道，长河饮马，此意悠悠。短梦依然江表，老泪洒西州。一字无题处，落叶都愁。　　载取白云归去，问谁留楚佩，弄影中洲。折芦花赠远，零落一身秋。向寻常、野桥流水，待招来、不是旧沙鸥。空怀感，有斜阳处，最怕登楼。

【校记】词牌名，《山中白云》作"甘州"。　　词题，《山中白云》为小序："辛卯岁，沈尧道同余北归，各处杭越。逾岁，尧道来问寂寞，语笑数日，又复别去，赋此曲，并寄赵学舟。"　　"敝貂裘"，《山中白云》作"脆貂裘"。　　"最怕"，《山中白云》作"却怕"。

忆旧游

记开帘送酒，隔水悬灯，款语梅边。未了清游兴，又飘然独去，何处山川。淡风暗收榆荚，吹下沈郎钱。叹客里光阴，消磨艳冶，都在尊前。　　留连。住人处，是鉴曲窥莺，兰沼围泉。醉拂珊瑚树，写百年幽恨，分付吟笺。故园几回飞梦，江雨夜凉船。纵忘却归期，千山未必无杜鹃。

【校记】《山中白云》有小序："新朋故侣，诗酒迟留，吴山苍苍，渺渺兮余怀也。寄沈尧道诸公。"　　"送酒"，《山中白云》作"过酒"。　　"住人"，《山中白云》作"嫭人"。　　"鉴曲"，《山中白云》作"镜曲"。　　"兰沼"，《山中白云》作"兰皋"。　　"故园"，《山中白云》作"故乡"。

青玉案　　　　　　　　黄公绍

　　年年社日停针线。争忍见、双飞燕。今日江城春已半。一身犹在，乱山深处，寂寞溪桥畔。　　征衫着破谁针线。点点行行泪痕满。落日解鞍芳草岸。花无人戴，酒无人劝，醉也无人管。

【校记】此首《阳春白雪》作无名氏词。

齐天乐　蝉　　　　　　练恕可　行之

　　蜕仙飞佩流空远，珊珊数声林杪。薄暑眠轻，浓阴听久，勾引凄凉多少。长吟未了。想犹怯高寒，又移深窈。与整绡衣，满身风露正清晓。　　微熏庭院昼永，那回曾记得，如诉幽抱。断响难寻，馀悲独省，叶底还惊秋早。齐宫路杳。叹往事魂消，夜闲人悄。漫省轻盈，粉奁双鬓好。

【校记】"练恕可"，《乐府补题》作"陈恕可"。　　词题，《乐府补题》作"馀闲书院拟赋蝉"。　　"夜闲"，《乐府补题》作"夜阑"。

齐天乐　蝉　　　　　　唐珏　玉潜

　　蜕痕初染仙茎露，新声又移凉影。佩玉流空，绡衣翦雾，几度槐昏柳暝。幽窗睡醒。奈欲断还连，不堪重听。怨结齐姬，故宫烟树翠阴冷。　　当时旧情在否，晚妆清镜里，犹记娇鬓。乱咽频惊，馀悲渐杳，摇曳风枝未定。秋期话尽。又抱叶凄凄，暮寒山静。付与孤蛩，苦吟清夜永。

【校记】词题，《乐府补题》作"馀闲书院拟赋蝉"。　　"蜕痕"，《乐府补题》作"蜡痕"。

水龙吟 白莲

淡装人更婵娟，晚奁净洗铅华腻。泠泠月色，萧萧风度，娇红欲避。太液池空，霓裳舞倦，不堪重记。叹冰魂犹在，翠舆难驻，玉簪为谁轻坠。　　别有凌空一叶，泛清寒、素波千里。珠房泪湿，明珰恨远，旧游梦里。羽扇生秋，琼楼不夜，尚遗仙意。奈香云易散，绡衣半脱，露凉如水。

【校记】词题，《乐府补题》作"浮翠山房拟赋白莲"。　　"欲避"，《乐府补题》作"敛避"。

吴文英

字君特，四明人。

倦寻芳 饯周纠定夫

　　暮帆挂雨，冰岸飞梅，春思零乱。送客将归，偏是故宫离苑。醉酒曾同凉月舞，寻芳还隔红尘面。去难留，怅夫容路窄，绿杨天远。　　便系马、莺边清晓，烟草晴花，沙润香软。烂锦年华，谁念故人游倦。寒食相思堤上路，行云应在孤山畔。寄新吟，莫空回、五湖春雁。

【校记】"夫容"，《梦窗词集》作"芙蓉"。

忆旧游 别黄澹翁

　　送人犹未苦，苦送春、随人去天涯。片红都飞尽，阴阴润绿，暗里啼鸦。赋情顿雪双鬓，飞梦逐尘沙。叹病渴凄凉，分香瘦减，两地看花。　　西湖断桥路，想垂杨系马，依旧欹斜。葵麦迷烟处，问离巢孤燕，飞过谁家。故人为写深怨，空壁扫秋蛇。但醉上吴台，残阳草色归思赊。

【校记】"阴阴"，《梦窗词集》作"□阴阴"。　　"垂杨系马"，《梦窗词集》作"系马垂杨"。

点绛唇 试灯夜初晴

卷尽愁云，素娥临夜新梳洗。暗尘不起。酥润凌波地。　　辇路重来，仿佛灯前事。情如水。小楼熏被。春梦笙歌里。

西子妆 梦窗自度腔 湖上清明薄游

流水曲情，艳阳酤酒，画舸游情如雾。笑拈芳草不知名，乍凌波、断桥西堍。垂杨漫舞。总不解、将春系住。燕归来，问彩绳纤手，如今何许。　　欢盟误。一箭流光，又趁寒食去。不堪衰鬓着飞花，傍绿阴、冷烟深树。玄都秀句。记前度、刘郎曾赋。最伤心，一片孤山细雨。

【校记】词牌名，《梦窗词集》作"西子妆慢"。　　"曲情"，《梦窗词集》作"曲尘"。　　"酤酒"，《梦窗词集》作"醅酒"。　　"乍凌波"，《梦窗词集》作"□凌波"。

唐多令

何处合成愁。离人心上秋。纵芭蕉、不雨也飕飕。都道晚凉天气好，有明月、怕登楼。　　年事梦中休。花空烟水流。燕辞归、客尚淹留。垂柳不萦裙带住，漫长是、系行舟。

玉漏迟 中秋

雁边风讯小，飞琼望杳，碧云先晚。露冷阑干，定怯藕丝冰腕。净洗浮云片玉，胜花影、春灯相乱。秦镜满。素娥未肯，分秋一半。　　每圆处即良宵，甚此夕偏饶，对歌临怨。万里婵娟，几许雾屏云幔。孤兔凄凉照水，晓风起、银河西转。揾泪眼。瑶台梦回人远。

【校记】词题，《梦窗词集》作"瓜泾度中秋夕赋"。　　"藕丝"，原作"藉丝"，据《梦窗词集》改。　　"浮云"，《梦窗词集》作"浮空"。

祝英台近 除夜立春

剪红情，裁绿意，花信上钗股。残日东风，不放岁华去。有人添烛西窗，不眠侵晓，笑声转、新年莺语。　　旧尊俎。玉纤曾擘黄柑，柔香系幽素。归梦湖边，还迷镜中路。可怜千点吴霜，寒消不尽，又相对、落梅如雨。

祝英台近 春日客龟溪游废园

采幽香，巡古苑，竹冷翠微路。斗草溪根，沙印小莲步。自怜两鬓清霜，一年寒食，又身在、云山深处。　　昼闲度。因甚天也悭春，轻阴便成雨。绿暗长亭，归梦趁风絮。有情花影阑干，莺声门径，解留我、霎时凝伫。

喜迁莺 福山萧寺岁除

江亭年暮。趁飞雁、又听数声柔橹。蓝尾杯单，

胶牙饧淡，重省旧时羁旅。雪舞野梅篱落，寒拥渔家
门户。晚风峭，作初番花信，春还知否。　何处。
围艳冶、红烛画堂，博簺良宵午。谁念行人，愁先芳
草，轻送年华如羽。自剔短檠不睡，空索彩桃新句。
便归好，料鹅黄，已染西池千缕。

【校记】"花信"，《梦窗词集》作"花讯"。

高阳台 落梅

宫粉凋痕，仙云堕影，无人野水荒湾。古石霾
香，金沙锁骨连环。南楼不恨吹横笛，恨晓风、千里
关山。半飘零，庭下黄昏，月冷阑干。　寿阳宫里
愁鸾镜，问谁调玉髓，暗补香瘢。细雨归鸿，孤山无
限春寒。离情难倩招清些，梦缟衣、解佩溪边。最愁
人，啼鸟晴明，叶底清圆。

【校记】"凋痕"，《梦窗词集》作"雕痕"。　　"霾香"，《梦窗词集》
作"埋香"。　　"庭下"，《梦窗词集》作"庭上"。　　"寿阳宫
里愁鸾镜"，《梦窗词集》作"寿阳空理愁鸾"。　　"清圆"，《梦
窗词集》作"青圆"。

高阳台 丰乐楼

修竹凝装，垂杨驻马，凭阑浅画成图。山色谁
题，楼前有雁斜书。东风紧送斜阳下，弄旧寒、晚酒
醒馀。自销凝，能几花前，顿老相如。　伤春不在

高楼上，在灯前欹枕，雨外熏炉。怕舣游船，临流可奈清癯。飞红若到西湖底，搅翠澜、总是愁鱼。莫重来，吹尽香绵，泪满平芜。

【校记】词题，《梦窗词集》"丰乐楼"下有小字"分韵得如字"。

解语花 梅花

门横皱碧，路入苍烟，春近江南岸。暮寒如剪。临溪影、一一半斜清浅。飞霙弄晚。荡千里、暗香平远。端正看，琼树三枝，总似兰昌见。　　酥莹云容夜暖。伴兰翘清瘦，箫凤柔婉。冷云荒苑。幽栖久、无语暗申春怨。东风半面。料准拟、何郎诗卷。欢未阑，烟雨青黄，宜昼阴庭馆。"荒苑"本作"荒翠"，误失一韵。

【校记】"荒苑"，《梦窗词集》作"荒翠"，词末周济有注。　　"诗卷"，《梦窗词集》作"词卷"。

齐天乐

新烟初试花如梦，疑收楚峰残雨。茂苑人归，秦楼燕宿，同惜天涯为旅。游情最苦。早柔绿迷津，乱莎荒圃。数树梨花，晚风吹堕半汀鹭。　　流红江上去远，翠尊曾共醉，云外别作平墅。淡月秋千，幽香巷陌，愁结伤春深处。听歌看舞。驻不得当时，柳蛮樊素。睡起恹恹，洞箫谁院宇。

【校记】"樊素",《梦窗词集》作"樱素"。

　　烟波桃叶西陵路，十年断魂潮尾。古柳重攀，轻鸥骤别，陈迹危亭独倚。凉飔乍起。渺烟碛飞帆，暮山横翠。但有江花，共临秋镜照憔悴。　　华堂烛作平暗送客，眼波回盼处，芳艳流水。素骨凝冰，柔葱蘸雪，犹忆分瓜深意。清尊未洗。梦不湿行云，漫沾残泪。可惜秋宵，乱蛩疏雨里。

【校记】"骤别",《梦窗词集》作"聚别"。

扫花游 送春古江村

　　水园沁碧，骤夜雨飘红，竟空林岛。艳春过了。有尘香坠钿，尚遗芳草。步绕清阴，渐觉交枝径小。醉深窈。爱绿叶翠圆，胜看花好。　　芳架雪未扫。怪翠被佳人，困迷清晓。柳丝系棹。问阊门自古，送春多少。倦蝶慵飞，故扑簪花破帽。酹残照。掩重城、暮钟不到。

【校记】"清阴",《梦窗词集》作"新阴"。

解蹀躞

　　醉云又兼醒雨，楚梦时来往。倦蜂刚着梨花、惹游荡。还作一段相思，冷波叶舞愁红，送人双桨。　　暗凝想。情共天涯秋黯可叶，朱桥锁深巷。会稀投得轻分、顿惆怅。此去幽曲谁来，可怜残照西风，半装楼上。

惜红衣 余从石帚游苕霅间，三十五年矣。
重来伤今感昔，聊以咏怀。

鹭老秋丝，蘋愁暮雪，鬓那不白。倒柳移栽，如今暗溪碧。乌衣细语，伤伴惹、茸红曾约借叶。南陌。前度刘郎，寻流花踪迹。　　朱楼水侧。雪面波光，汀莲沁颜色。当时醉近绣箔，夜吟寂。三十巧叶六陂重到，清梦冷云南北。买钓舟溪上，应有烟蓑相识。

【校记】"石帚"，《梦窗词集》作"姜石帚"。　　"三十六陂"，《梦窗词集》作"三十六矶"。

风入松

听风听雨过清明。愁草瘗花铭。楼前绿暗分携路，一丝柳、一寸柔情。料峭春寒中酒，交加晓梦啼莺。　　西园日日扫林亭。依旧赏新晴。黄蜂频扑秋千索，有当时、纤手香凝。惆怅双鸳不到，幽阶一夜苔生。

莺啼序

残寒正欺病酒，掩沉香绣户。燕来晚、飞入西城，似说春事迟暮。画船载、清明过却，晴烟冉冉吴宫树。念羁情游荡，随风化为轻絮。　　十载西湖，傍柳系马，趁娇尘软雾。溯红渐、招入仙溪，锦儿偷寄幽素。倚银屏、春宽梦窄，断红湿、歌纨金缕。暝堤空，轻把斜阳，总还鸥鹭。　　幽兰旋老，杜若还生，尚水乡寄旅。别后访、六桥无信，事往花萎，瘗玉埋香，几番风雨。长波妒盼，遥山羞黛，渔灯分影春江宿，记当时、短楫桃根渡。青楼仿佛，临分败壁题诗，泪墨惨淡尘土。　　危亭望极，草色天涯，叹鬓侵半苎。暗点检、离痕欢唾，尚染鲛绡，亸凤迷归，破鸾慵舞。殷勤待写，书中长恨，蓝霞辽海沉过雁，谩相思、弹入哀筝柱。伤心千里江南，怨曲重招，断魂在否。

【校记】"旋老"，《梦窗词集》作"渐老"。　　"尚水乡"，《梦窗词集》作"水乡尚"。　　"花萎"，《梦窗词集》作"花委"。

古香慢 自度，夷则商犯无射宫。赋沧浪看桂。

怨蛾坠柳，离佩摇葓，霜讯南圃。漫掩桥扉，倚竹袖寒日暮。还问月中游，梦飞过、金风翠羽。把残云、剩水万顷，暗熏冷麝凄苦。　　渐浩渺、凌山高处。秋澹无光，残照谁主。露粟侵肌，夜约羽林轻误。剪碎惜秋心，更肠断、珠尘薜路。怕重阳，又催近、满城风雨。

【校记】词题，《梦窗词集》"自度"作"自度腔"。　　"怨蛾"，《梦窗词集》作"怨娥"。　　"漫掩",《梦窗词集》作"漫忆"。

水龙吟 惠山泉

艳阳不到青山，淡烟冷翠成秋苑。吴娃点黛，江妃拥髻，空蒙遮断。树密藏溪，草深迷市，峭云一片。二十作平年旧梦，轻鸥素约，霜丝乱、朱颜变。　　龙吻春霏玉溅。煮银瓶、羊肠车转。临泉照影，清寒沁骨，客尘都浣。鸿渐重来，夜深华表，露零鹤怨。把闲愁换与，楼前晚色，棹沧波远。

【校记】词题,《梦窗词集》作"惠山酌泉"。　　"淡烟",《梦窗词集》作"古阴"。

桃源忆故人

越山青断西陵浦。一片密阴疏雨。潮带旧愁生暮。曾折垂杨处。　　桃根桃叶当时渡。呜咽风前柔橹。燕子不留春住。空寄离樯语。

吴文英下附录

离亭燕 张昇 杲卿

　　一带江山如画。风物向秋萧洒。水浸碧天何处断，霁色冷光相射。蓼屿荻花洲，掩映竹篱茅舍。　　云际客帆高挂。烟外酒旗低亚。多少六朝兴废事，尽入渔樵闲话。怅望倚层楼，寒日无言西下。

【校记】此首《攻愧集》卷七十作孙浩然词。

蝶恋花 赵令畤 德麟

　　欲减罗衣寒未去。不卷珠帘，人在深深处。残杏枝头花几许。啼红止恨清明雨。　　尽日水沉香一缕。宿酒醒迟，恼破春情绪。飞燕又将归信误。小屏风上西江路。

【校记】此首亦见晏几道《小山词》。　　"止恨"，《小山词》作"正恨"。　　"水沉香"，《小山词》作"沉香烟"。　　"飞燕又将归信误"，《小山词》作"远信还因归燕误"。

乌夜啼

　　楼上萦帘弱絮，墙头碍月低花。年年春事关心事，肠断欲栖鸦。　　舞镜鸾情翠减，啼珠凤蜡红斜。重门不锁相思梦，依旧绕天涯。

【校记】《唐宋诸贤绝妙词选》有词题"春思"。　　"栖鸦"，原作"栖雅"，据《唐宋诸贤绝妙词选》改。　　"鸾情"，《唐宋诸贤绝妙词选》作"鸾衾"。　　"依旧"，《唐宋诸贤绝妙词选》作"随意"。

清平乐　　　　　　　　王安国 平甫

留春不住。费尽莺儿语。满地残红宫锦污。昨夜南园风雨。　　小怜初上琵琶。晓来思绕天涯。不肯画堂朱户，春风自在杨花。

【校记】《唐宋诸贤绝妙词选》有词题"春晚"。　　"杨花"，《唐宋诸贤绝妙词选》作"梨花"。

木兰花　　　　　　　　苏庠 养直

江云叠叠遮鸳浦，江水无情流薄暮。归帆初张苇边风，客梦不禁篷背雨。　　渚花不解留人住，只在深愁无尽处。白沙烟树有无中，雁落沧洲何处所。

【校记】调名，《唐宋诸贤绝妙词选》作"木兰花令"。　　"只在"，《唐宋诸贤绝妙词选》作"只作"。

菩萨蛮　　　　　　　　陈克 子高

赤阑桥尽香街直。笼街细柳娇无力。金碧上晴空。花晴帘影红。　　　黄衫飞白马。日日青楼下。醉眼不逢人。午香吹暗尘。

【校记】《唐宋诸贤绝妙词选》有词题"春"。

　　绿芜墙绕青苔院。中庭日淡芭蕉展。胡蝶上阶飞。风帘自在垂。　　　玉钩双语燕。宝甃杨花转。几处簸钱声。绿窗春梦轻。

【校记】《唐宋诸贤绝妙词选》有词题"春词"。　　　"芭蕉展"，《唐宋诸贤绝妙词选》作"芭蕉卷"。

谒金门

　　愁脉脉。目断江南江北。烟树重重芳信隔。小楼山几尺。　　　细草孤云斜日。一晌弄晴天色。帘外落花飞不得。东风无气力。

【校记】《唐宋诸贤绝妙词选》有词题"春晚"。

　　花满院。飞去飞来双燕。红雨入帘寒不卷。晓屏山六扇。　　　翠袖玉笙凄断。脉脉两蛾愁浅。消息不知郎近远。一春长梦见。

【校记】《唐宋诸贤绝妙词选》有词题"春晚"。

木兰花　　　　　严仁 次山

春风只在园西畔。荠菜花繁胡蝶乱。冰池晴绿照还空，香径落红吹已断。　　意长翻恨游丝短。尽日相思罗带缓。宝奁如月不欺人，明日归来君试看。

【校记】词牌名，《中兴以来绝妙词选》作"玉楼春"。　《中兴以来绝妙词选》有词题"春思"。

齐天乐 中秋夜怀梅溪　　　　高观国 宾王

晚云知有关山念，澄霄卷开清霁。素景中分，冰盘正溢，何啻婵娟千里。危阑静倚。正玉管吹凉，翠觥留醉。记约清吟，锦袍初唤醉魂起。　　孤光天地共影，浩歌谁与舞，凄凉风味。古驿烟寒，幽垣梦冷，应念秦楼十二。归心对此。想斗插天南，雁横烟水。试问姮娥，有谁能为寄。

【校记】"中分"，《竹屋痴语》作"分中"。　"烟水"，《竹屋痴语》作"辽水"。

八宝装 即新雁过南楼　　　陈允平 君衡

望远秋平。初过雨、微茫水满烟汀。乱蒨疏柳，犹带数点残萤。待月重楼谁共倚，信鸿断续两三声。夜如何，顿凉骤觉，纨扇无情。　　还思骖鸾素约，念凤箫雁瑟，取次尘生。旧日潘郎，双鬓半已星星。

琴心锦意暗懒，又争奈、西风吹恨醒。屏山冷，怕梦魂、飞度蓝桥不成。

【眉评】西麓和平婉丽，最合世好，但无健举之笔，沉挚之思，学之必使生气沮丧。故为后人拈出。

【校记】《日湖渔唱》有词题"秋宵有感"。　　"重楼"，《日湖渔唱》作"重帘"。

垂杨 怀古

银屏梦觉，渐浅黄嫩绿，一声莺小。细雨轻尘，建章初闭东风悄。依然千树长安道。翠云锁、玉窗深窈。断桥人、空倚斜阳，带旧愁多少。　　还是清明过了。任烟缕露条，碧纤青袅。恨隔天涯，几回惆怅苏堤晓。飞花满地谁为扫。甚薄幸、随波缥缈。啼鹃不唤春归，人自老。

【校记】词题，《日湖渔唱》作"本意"。　　"啼鹃"，《日湖渔唱》作"纵啼鹃"。

大圣乐 东园饯春　　　　周密 公谨

娇绿迷云，倦红颦晓，嫩晴芳树。渐午阴、帘影移香，燕语梦回，千点碧桃吹雨。冷落锦衾人归后，记前度兰桡停翠浦。凭阑久，漫凝伫凤翘，慵听金缕。　　留春问谁最苦。奈花自无言莺自语。对画楼残照，东风吹远，天涯何许。怕折露条愁轻别，更烟暝长亭啼杜宇。垂杨晚，但罗袖、暗沾飞絮。

【眉评】草窗最近梦窗，但梦窗思沉力厚，草窗则貌合耳。若其镂新
　　斗冶，固自绝伦。

【校记】词题，《蘋洲渔笛谱》作"东园饯春即席分题"。　　"锦衾"，
　　《蘋洲渔笛谱》作"锦宫"。　　"凝伫"，《蘋洲渔笛谱》作"凝
　　想"。　　"暗沾"，原作"晴沾"，据《蘋洲渔笛谱》改。

花犯　水仙花

　　楚江湄，湘娥乍见，无言洒清泪。淡然春意。空
独倚东风，芳思谁记。凌波路冷秋无际。香云随步
起。漫记汉宫仙掌，亭亭明月底。　　冰弦写怨更多
情，骚人恨，枉赋芳兰幽芷。春思远，谁赏国香风
味。相将共、岁寒伴侣，小窗静、沉烟熏翠被。幽梦
觉，涓涓清露，一枝灯影里。

【眉评】草窗长于赋物，然惟此及琼花二阕，一意盘旋，毫无渣滓。
　　他作纵极工切，不免就题寻典，就典趁韵，就韵成句，堕落苦海
　　矣。特拈出之，以为南宋诸公针砭。

【校记】词牌名、词题，《蘋洲渔笛谱》作"绣鸾凤花犯　赋水
　　仙"。　　"谁记"，《蘋洲渔笛谱》作"谁寄"。　　"漫记"，《蘋
　　洲渔笛谱》作"谩记得"。　　"谁赏"，《蘋洲渔笛谱》作"谁叹
　　赏"。　　"翠被"，《蘋洲渔笛谱》作"翠袂"。

瑶华　琼花

　　朱钿宝玦，天上飞琼，比人间春别。江南江北，

曾未见、漫拟梨云梅雪。淮山春晚，问谁识、芳心高洁。消几番、花落花开，老了玉关豪杰。　　金壶剪送琼枝，看一骑红尘，香度瑶阙。韶华正好，应自喜、初识长安蜂蝶。杜郎老矣，想旧事、花须能说。记少年、一梦扬州，二十四桥明月。

【校记】《蘋洲渔笛谱》词牌名作"瑶花慢"，有小序："后土之花，天下无二本。方其初开，帅臣以金瓶飞骑进之天上，间亦分致贵邸。余客葊下，有以一枝（以下共缺十八行）。"

玉京秋

烟水阔。高林弄残照，晚蜩凄切。碧砧度韵，银床飘叶。衣湿桐阴露冷，采凉花、时赋秋雪。难轻别。一襟幽事，砌蛩能说。　　客思吟商还怯。怨歌长、琼壶暗缺。翠扇恩疏，红衣香褪，翻成销歇。玉骨西风，恨最恨、闲却新凉时节。楚箫咽。谁倚西楼淡月。

【校记】《蘋洲渔笛谱》有词序："长安独客，又见西风素月丹枫，凄然其为秋也，因调夹钟羽一解。"　　"难轻别"，《蘋洲渔笛谱》作"叹轻别"。　　"翠扇恩疏"，原作"翠扇疏"，据《蘋洲渔笛谱》补。　　"谁倚"，《蘋洲渔笛谱》作"谁寄"。

解语花

晴丝罥蝶，暖蜜酣蜂，重帘卷春寂寂。雨萼烟梢，压阑干、花雨染衣红湿。金鞍误约_{借叶}，空极目、天涯草色。阆苑玉箫人去后，惟有莺知得。　　馀寒犹掩翠户，梁燕乍归，芳信未端的。浅薄东风，莫因循、轻把杏钿狼藉。尘侵锦瑟。残日红窗春梦窄。睡起折枝无意绪，斜倚秋千立。

【校记】《蘋洲渔笛谱》有词序："羽调《解语花》，音韵婉丽，有谱而亡其辞。连日春晴，风景韶媚，芳思撩人，醉捻花枝，倚声成句。"　　"重帘"，《蘋洲渔笛谱》作"重檐"。　　"红窗"，《蘋洲渔笛谱》作"绿窗"。

曲游春 游西湖

　　禁苑东风外，飏暖丝晴絮，春思如织。燕约莺期，恼芳情偏在，翠深红隙。漠漠香尘隔。沸十里、乱丝丛笛。看画船、尽入西泠，闲却半湖春色。　　柳陌。新烟凝碧。映帘底宫眉，堤上游勒。轻暝笼烟，怕梨云梦冷，杏香愁幂。歌管酬寒食。奈蝶怨、良宵岑寂。正恁醉月摇花，怎生去得。

【校记】词题，《蘋洲渔笛谱》为词序："禁烟湖上薄游，施中山赋词甚佳，余因次其韵。盖平时游舫，至午后则尽入里湖，抵暮始出，断桥小驻而归，非习于游者不知也。故中山极击节余'闲却半湖春色'之句，谓能道人之所未云。"　　"乱丝"，《蘋洲渔笛谱》作"乱弦"。　　"笼烟"，《蘋洲渔笛谱》作"笼寒"。　　"正恁醉"，《蘋洲渔笛谱》作"正满湖、碎"。

拜星月慢 春莫寄梦窗

腻叶阴清，孤花香冷，迤逦芳洲春换。薄酒孤吟，怅相如游倦。想人在、絮幕香帘凝望，误认几许，烟樯风慢。芳草天涯，负华堂双燕。　　记箫声、淡月梨花院。砑笺红、漫写东风怨。一夜花落鹃啼，唤四桥吟伴。荡归心、已过江南岸。清宵梦、远逐飞花乱。几千万、丝缕垂杨，系春愁不断。

【校记】词题，《蘋洲渔笛谱》为词序："癸亥春，沿檄荆溪，朱墨日宾送，忽忽不知芳事落鹃声草色间。郡僚间载酒相慰荐，长歌清醴，正尔供愁，客梦栩栩，已飞度四桥烟水外矣。醉徐短弄，归日将大书之垂虹。"　　"花落鹃啼"，《蘋洲渔笛谱》作"落月啼鹃"。　　"吟伴"，《蘋洲渔笛谱》作"吟缆"。　　"几千万"句，《蘋洲渔笛谱》作"几千万缕垂杨，剪春愁不断"。

法曲献仙音 吊雪香亭梅

松雪飘寒，岭云吹冻，红破数枝春浅。衬舞台荒，浣装池冷，凄凉市朝轻换。叹花与人凋谢，依依岁华晚。共凄黯。　　问东风、几番吹梦，应惯识当年，翠屏金辇。一片古今愁，但废绿、平烟空远。无语消魂，对斜阳、衰草泪满。又西泠残笛，低送数声春怨。

【校记】词牌名，《蘋洲渔笛谱》作"献仙音"。　　"数枝"，《蘋洲渔笛谱》作"数椒"。　　"共凄黯"，《蘋洲渔笛谱》在此句前分片。

木兰花 闻笛　　　　　王武子

红楼十二春寒侧。楼角何人吹玉笛。天津桥上旧曾听，三十六宫秋草碧。　　昭华人去无消息。江上青山空晚色。一声落尽短亭花，无数行人归未得。

湘春夜月　　　　　黄孝迈 德文

近清明。翠禽枝上销魂。可惜一片清歌，都付与黄昏。欲共柳花低诉，怕柳花轻薄，不解伤春。念楚乡旅宿，柔情别绪，谁与温存。　　空尊夜泣，青山不语，残月当门。翠玉楼前，唯是有、一波湘水，摇荡湘云。天长梦短，问甚时、重见桃根。这次弟，算人间没个并刀，剪断心上愁痕。

念奴娇　　　　　王梦应 静得

欲霜更雨，记青黄篱落，东风前此。帘外秋容人共老，雁与愁飞千里。水郭烟明，竹陂波小，万叶寒声起。凭高那更，九嶷吹尽云气。　　婉娩空复多情，年年归梦，花与柴桑似。谁解魂消风日晚，短笛孤舟秋水。江蟹笼新，露黄斟浅，浇得乡关思。平芜天远，一痕横抹秋霁。

【校记】"青黄"，《全宋词》作"青云"。　　"秋容"，《全宋词》作"客秋"。　　"归梦"，《全宋词》作"晋梦"。　　"柴桑似"，

《全宋词》作"柴桑是"。　"魂消"，《全宋词》作"意消"。"秋水"，《全宋词》作"林水"。　"露黄"，《全宋词》作"露黄"。　"横抹"，《全宋词》作"黄抹"。

法曲献仙音　　　　　楼采 君亮

　　花匣幺弦，象奁双陆，旧日留欢情意。梦到银屏，恨裁兰烛，香篝夜阑鸳被。料燕子重来地。桐阴锁窗绮。倦梳洗。　　晕芳钿、自羞鸾镜，罗袖冷、烟柳画阑半倚。浅雨压荼蘼，指东风、芳事馀几。院落黄昏，怕春莺、惊笑蕉萃。倩柔红约定，唤取玉箫同醉。

【校记】"梦到"，《绝妙好词》作"梦别"。　"倦梳洗"，《绝妙好词》在此句前分片。　"蕉萃"，《绝妙好词》作"憔悴"。

绿意 荷叶　　　　　　　无名氏

　　碧圆自洁。向浅洲远浦，亭亭清绝。犹有遗簪，不展秋心，能卷几多炎热。鸳鸯密语同倾盖，且莫与、浣纱人说。怨歌忽断花风，碎却绿云千叠。　　回首当年汉舞，怕飞去谩绉，留仙裙褶。恋恋青衫，犹染枯香，还笑鬓丝飘雪。盘心清露如铅水，又一夜、西风听折。但剩看、匹练秋光，倒泻半湖明月。

【眉评】《词综》列入无名氏，记见一本作梦窗词，今忘其何本矣。仍列此，不入梦窗。后"但剩"，原词作"喜净"。

【校记】此从《词综》，实张炎作，见《山中白云》。　　"远浦"，《山中白云》作"远渚"。　　"怨歌"，《山中白云》作"恐怨歌"。"绿云"，《山中白云》作"翠云"。　　"谩绺"，《山中白云》作"谩皱"。"还笑"，《山中白云》作"还叹"。　　"听折"，《山中白云》作"吹折"。　　"但剩看"，《山中白云》作"喜静看"。

词辨

周氏词辨序

　　余向读张氏《词选》，喜其于源流正变之故，多深造自得之言。张氏之言曰："词者，盖出于唐之诗人，采乐府之音以制新律，因系其词，故曰词。传曰：'意内而言外，谓之词。'其缘情造端，兴于微言，以相感动。极命风谣里巷男女哀乐，以道贤人君子幽约怨悱不能自言之情。"窃尝观其去取次第之所在，大要惩昌狂雕琢之流弊，而思导之于风雅之归。沿袭既久，承学之士，忽焉不察，余甚病之。尝欲举张氏一书以正今之学者之失，而世之人顾弗之好也。友人承子久仪部好为词，尝与余上下其议论，自三唐两宋，迄于元之季世，条分缕晰，未尝不以余言为然，盖子久与余皆取法于张氏。暇出所录介存周氏《词辨》二卷，属为审订。介存自序以为曾受法于董晋卿，晋卿亦学于张氏者。介存之词，贰于晋卿，而其辨说多主张氏之言。久欲刻而未果，其所选与张氏略有出入。要其大旨，固深恶夫昌狂雕琢之习而不反，而亟思有以厘定之，是固张氏之意也。因乐为叙而刊之，以副子久之属。介存之论词云："见事多，识理透，可为后人论世之资。诗有史，词亦有史。"世之谭者，多以词为小技而鄙夷之。若介存者，可谓知言也夫。

　　原本总十卷，不戒于水，存止二卷。今刊本，子久所录也。

　　　　　道光二十七年岁次丁未孟夏月吴县潘曾玮。

词辨序

　　余年十六学为词，甲子始识武进董晋卿。晋卿年少于余，而其词缠绵往复，穷高极深，异乎平时所仿效，心向慕不能已。晋卿为词，师其舅氏张皋文、翰风兄弟。二张辑《词选》而序之，以为词者，意内而言外，变风、骚人之遗。其叙文旨深词约，渊乎登古作者之堂而进退之矣。晋卿虽师二张，所作实出其上。予遂受法晋卿，已而造诣日以异，论说亦互相短长。晋卿初好玉田，余曰：玉田意尽于言，不足好。余不喜清真，而晋卿推其沉着拗怒，比之少陵。牴牾者一年，晋卿益厌玉田，而余遂笃好清真。既予以少游多庸格，为浅钝者所易托；白石疏放，酝酿不深。而晋卿深诋竹山粗鄙。牴牾又一年，予始薄竹山，然终不能好少游也。

　　其后晋卿远在中州，余客授吴淞，弟子田生端学为词，因欲次第古人之作，辨其是非，与二张董氏各存崖略，庶几他日有所观省。爰录唐以来词为十卷，而叙之曰：

　　古称作者，岂不难哉！自温庭筠、韦庄、欧阳修、秦观、周邦彦、周密、吴文英、王沂孙、张炎之流，莫不蕴藉深厚，而才艳思力各骋一途，以极其致。譬如匡庐、衡岳，殊体而并胜；南威、西施，别态而同妍矣。若其著述未富，可采者鲜，而孤章特出，合乎道揆，亦因时代而附益之。夫人感物而动，兴之所托，未必咸本庄雅，要在讽诵绅绎，归诸中正。辞不害志，人不废言，虽乖缪庸劣，纤微委琐，苟可驰喻比类，翼声究实，吾皆乐取，无苛责焉。后世之乐，去诗远矣，词最近之。是故入人为深，感人为远，往往流连反复，有平矜释躁，惩忿窒欲，敦薄宽鄙之功。南唐后主以下，虽骏快驰骛，豪宕感激，稍稍漓矣。然犹皆委曲以致其情，未有亢厉剽悍之习，抑亦正声之次也。若乃世俗传习，而或辞不逮意，意不尊体，与夫浅陋淫亵之篇，亦递取而论断之，庶以爱厚古人，而祛学者之惑。

嘉庆十七年壬申夏日介存周济序。

【校记】"为远"，《续修四库全书》本《词辨》（以下简称《续修》本）作"为速"。

跋

及门徐仲可中翰录《词辨》，索予评泊，以示榘范。予固心知周氏之意，而持论小异。大抵周氏所谓变，亦予所谓正也，而折衷柔厚则同。仲可比类而观，思过半矣。

复堂谭献识。

词辨卷一

菩萨蛮 温庭筠

小山重叠金明灭。鬓云欲度香腮雪。懒起画蛾眉。弄妆梳洗迟。 照花前后镜。花面交相映。新贴绣罗襦。双双金鹧鸪。

【谭评】"画蛾"二字右：起步。

水精帘里颇黎枕。暖香惹梦鸳鸯锦。江上柳如烟。雁飞残月天。 藕花秋色浅。人胜参差剪。双鬓隔香红。玉钗头上风。

【谭评】"上柳"二字右：触起。
【校记】"藕花"，《花间集》作"藕丝"。

玉楼明月长相忆。柳丝袅娜春无力。门外草萋萋。送君闻马嘶。 画罗金翡翠。香烛销成泪。花落子规啼。绿窗残梦迷。

【谭评】"楼"字右：提。
　　　　"花落"二字右：小歇。

宝函钿雀金鸂鶒。沉香阁上吴山碧。杨柳又如丝。

驿桥春雨时。　　画楼音信断。芳草江南岸。鸾镜与花枝。此情谁得知。

【谭评】"宝函"二字右：追叙。

"画楼音信断"五字右：指点今情。

"镜"字右：顿。

【校记】"沉香阁"，《花间集》作"沉香关"。

南园满地堆轻絮。愁闻一霎清明雨。雨后却斜阳。杏花零落香。　　无言匀睡脸。枕上屏山掩。时节欲黄昏。无憀独倚门。以《士不遇赋》读之最确。

【谭评】"后却"二字右：馀韵。

"无憀"二字右：收束。

更漏子

玉炉香，红蜡泪。偏照画堂秋思。眉翠薄，鬓云残。夜长衾枕寒。　　梧桐树，三更雨。不道离愁正苦。一叶叶，一声声。空阶滴到明。

【谭评】"桐"至"阶"十九字右：似直下语，正从夜长逗出，亦书家无垂不缩之法。

【校记】"离愁"，《花间集》作"离情"。

南歌子

手里金鹦鹉，胸前绣凤皇。偷眼暗形相。不如从嫁与，作鸳鸯。

【谭评】眉批：尽头语，单调中重笔，五代后绝响。

似带如丝柳，团酥握雪花。帘卷玉钩斜。九衢尘欲暮，逐香车。

【谭评】眉批：源出古乐府。
【校记】"欲暮"，原作"欲莫"，据《花间集》改。

倭堕低梳髻，连娟细扫眉。终日两相思。为君憔悴尽，百花时。

【谭评】眉批："百花时"三字，加倍法，亦重笔也。
【校记】"倭堕"，《花间集》作"鬅堕"。

梦江南

梳洗罢，独倚望江楼。过尽千帆皆不是，斜晖脉脉水悠悠。肠断白蘋洲。

【谭评】眉批：犹是盛唐绝句。

菩萨蛮　　　　　　　　　韦庄

红楼别夜堪惆怅。香灯半卷流苏帐。残月出门时。美人和泪辞。　　琵琶金翠羽。弦上黄莺语。劝我早归家。绿窗人似花。

【谭评】眉批：亦填词中《古诗十九首》，即以读《十九首》心眼读之。

　　人人尽说江南好。游人只合江南老。春水碧于天。画船听雨眠。　　炉边人似月。皓腕凝霜雪。未老莫还乡。还乡须断肠。

【谭评】眉批：强颜作愉快语，怕肠断肠亦断矣。
【校记】"霜雪"，《花间集》作"双雪"。

　　如今却忆江南乐。当时年少春衫薄。骑马倚斜桥。满楼红袖招。　　翠屏金屈曲。醉入花丛宿。此度见花枝。白头誓不归。

【谭评】"今却忆"三字右：半面语。
　　　"入"至"归"十四字右：意不尽而语尽，"却忆"、"此度"四字，度人金针。

　　洛阳城里春光好。洛阳才子他乡老。柳暗魏王堤。此时心转迷。　　桃花春水绿。水上鸳鸯浴。凝恨对斜晖。忆君君不知。

【谭评】眉批：项庄舞剑。
　　　眉批：怨而不怒之义。
　　　"阳才子他"四字右：至此揭出。

【校记】"春水绿",《花间集》作"春水渌"。　　"斜晖",《花间集》作"残晖"。

南乡子　　　　欧阳炯

岸远沙平。日斜归路晚霞明。孔雀自怜金翠尾。临水。认得行人惊不起。

【谭评】眉批:"未起意先改",直下语似顿挫。"认得行人惊不起",顿挫语似直下。"惊"字倒装。

蝶恋花　　　　冯延巳

六曲阑干偎碧树。杨柳风轻,展尽黄金缕。谁把钿筝移玉柱。穿帘燕子双飞去。　　满眼游丝兼落絮。红杏开时,一霎清明雨。浓睡觉来莺乱语。惊残好梦无寻处。

【谭评】词牌下:或曰:"非欧公不能为。"或曰:"冯敢为大言如是。"读者审之。

眉批:金碧山水,一片空濛,此正周氏所谓有寄托入、无寄托出也。

"眼"字右:感。

"霎"字右:境。

"觉"字右:人。

"好"字右:情。

【校记】"燕子双",《阳春集》作"海燕惊"。　　"莺乱",《宋四家词选》作"莺乳",《阳春集》作"慵不"。

谁道闲情抛弃久。每到春来，惆怅还依旧。日日花前常病酒。不辞镜里朱颜瘦。　河畔青芜堤上柳。为问新愁，何事年年有。独立小桥风满袖。平林新月人归后。

【谭评】眉批：此阕叙事。

【校记】"抛弃",《阳春集》作"抛掷"。　"不辞",四印斋本《阳春集》作"敢辞"。　"镜里",《宋四家词选》作"病里"。　"小桥",四印斋本《阳春集》作"小楼"。

几日行云何处去。忘却归来，不道春将暮。百草千花寒食路。香车系在谁家树。　泪眼倚楼频独语。双燕来时，陌上相逢否。掩乱春愁如柳絮。依依梦里无寻处。

【谭评】眉批："行云"、"百草"、"千花"、"香车"、"双燕"必有所托。　"依梦"二字右：呼应。

【校记】"来时",《阳春集》作"飞来"。　"掩乱",《阳春集》作"撩乱"。　"依依",《阳春集》作"悠悠"。

庭院深深深几许。杨柳堆烟，帘幕无重数。玉勒雕鞍游冶处。楼高不见章台路。　雨横风狂三月暮。门掩黄昏，无计留春住。泪眼问花花不语。乱红飞过秋千去。

【谭评】眉批：宋刻玉玩，双层浮起。笔墨至此，能事几尽。

【校记】"飞过"，《阳春集》作"飞人"。

浣溪沙

马上凝情忆旧游。照花淹竹小溪流。钿筝罗幕玉搔头。　　早是出门长带月，可堪分袂又经秋。晚风斜日不胜愁。

【谭评】眉批：开北宋疏宕之派。

【校记】此首《花间集》卷四归入张泌名下。

踏莎行　　　　　　　　　　　　　晏殊

小径红稀，芳郊绿遍。高台树色阴阴见。春风不解禁杨花，蒙蒙乱扑行人面。　　翠叶藏莺，珠帘隔燕。炉香静逐游丝转。一场愁梦酒醒时，斜阳却照深深院。

【谭评】眉批：刺词。

"台树色阴阴见"六字右：正与斜阳相映。

采桑子　　　　　　　　　　　　　欧阳修

群芳过后西湖好，狼藉残红。飞絮蒙蒙。垂柳阑干尽日风。　　笙歌散尽游人去，始觉春空。垂下帘栊。双燕归来细雨中。

【谭评】"群芳过后"四字右：埽处即生。

"歌散尽游人"五字右：悟语，是恋语。

蝶恋花

越女采莲秋水畔。窄袖轻罗，暗露双金钏。照影摘花花似面。芳心只共丝争乱。　　鸂鶒滩头风浪晚。雾重烟轻，不见来时伴。隐隐歌声归棹远。离愁引着江南岸。

【谭评】"袖轻罗暗"四字右：小人常态。

"烟轻不见"四字右：君子道消。

临江仙　　　　　　　　晏几道

梦后楼台高锁，酒醒帘幕低垂。去年春恨却来时。落花人独立，微雨燕双飞。　　记得小蘋初见，两重心字罗衣。琵琶弦上说相思。当时明月在，曾照彩云归。

【谭评】"落花人独立，微雨燕双飞"眉批：名句，千古不能有二。

"当时明月在，曾照彩云归"眉批：所谓柔厚在此。

倾杯乐　　　　　　　　柳永

木落霜洲，雁横烟渚，分明画出秋色。暮雨乍歇，小楫夜泊，宿苇村山驿。何人月下临风处，起一声羌笛。离绪万端，闻岸草、切切蛩吟如织。　　为忆。芳容别后，山遥水远，何计凭鳞翼。想绣阁深沉，争知憔悴损，天涯行客。楚峡云归，高唐人散，寂寞狂踪迹。望京国。空目断、远峰凝碧。

【谭评】眉批：耆卿正锋，以当杜诗。

　　"人月下临风处起"七字右：《文赋》云，扶质立干。

　　"绣阁深沉争知憔悴"八字右：忠厚恻恻，不愧大家。

　　"楚峡云归高唐人散"八字右：宽处坦夷，正见家数。

【校记】词牌名，《乐章集》作"倾杯"。　　"木落"，《乐章集》作"鹜落"。　　"离绪万端"，《宋四家词选》、《乐章集》作"离愁万绪"。　　"山遥水远"，《宋四家词选》、《乐章集》作"水遥山远"。　　"高唐"，《乐章集》作"高阳"。

满庭芳　　　　秦观

山抹微云，天黏衰草，画角声断谯门。暂停征棹，聊共引离尊。多少蓬莱旧事，空回首、烟霭纷纷。斜阳外，寒鸦数点，流水绕孤村。　　销魂。当此际，香囊暗解，罗带轻分。漫赢得青楼，薄幸名存。此去何时见也，襟袖上、空染啼痕。伤情处，高城望断，灯火已黄昏。

【谭评】眉批：淮（南）[海]在北宋，如唐之刘文房。

　　下阕前：下阕不假雕琢，水到渠成，非平钝所能借口。

【校记】"天黏"，《淮海居士长短句》作"天连"。　　"数点"，《淮海居士长短句》作"万点"。　　"空染"，《淮海居士长短句》作"空惹"。

望海潮 洛阳怀古

　　梅英疏淡，冰澌溶泄，东风暗换年华。金谷俊游，铜驼巷陌，新晴细履平沙。长记误随车。正絮翻蝶舞，芳思交加。柳下桃蹊，乱分春色到人家。　　西园夜饮鸣笳。有华灯碍月，飞盖妨花。兰苑未空，行人渐老，重来事事堪嗟。烟暝酒旗斜。但倚楼极目，时见栖鸦。无奈归心，暗随流水到天涯。

【谭评】"长记"二字右：顿宕。

　　"下桃蹊乱"四字右：旋断仍连。

　　"西园"至"兰苑"十七字右：陈隋小赋缩本，填词家不以唐人为止境也。

【校记】"事事"，《淮海居士长短句》作"是事"。

兰陵王 柳　　　　　周邦彦

　　柳阴直。烟里丝丝弄碧。隋堤上、曾见几番，拂水飘绵送行色。登临望故国。谁识。京华倦客。长亭路，年去岁来，空折柔条过千尺。　　闲寻旧踪迹。又酒趁哀弦，灯照离席。梨花榆火催寒食。愁一剪风快，半篙波暖，回头迢递便数驿。望人在天北。　　凄恻。恨堆积。渐别浦萦回，津堠岑寂。斜阳冉冉春无极。念月榭携手，露桥闻笛。沉思前事，似梦里，泪暗滴。

【谭评】"柳阴直烟里丝丝弄碧"眉批：已是磨杵成针手段，用笔欲落
　　不落。

　　　　中片眉批：此类喷醒，非玉田所知。

　　　　"斜阳冉冉春无极"眉批："斜阳"七字，微吟千百遍，当入
　　三昧出三昧。

【校记】"空折"，《宋四家词选》、《片玉集》作"应折"。　　"一剪"，
　　《片玉集》作"一箭"。

齐天乐

　　绿芜凋尽台城路，殊乡又逢秋晚。暮雨生寒，鸣
蛩劝织，深阁时闻裁剪。云窗静掩。叹重拂罗裀，顿
疏花簟。尚有练囊，露萤清夜照书卷。　　荆江留滞
最久，故人相望处，离思何限。渭水西风，长安乱
叶，空忆诗情宛转。凭高眺远。正玉液新篘，蟹螯初
荐。醉倒山翁，但愁斜照敛。

【谭评】"绿芜凋尽台城路"七字右：亦是以扫为生法。

　　　　"荆江留"三字右：应"殊乡"。

　　　　"渭水西风"四字右：点化成句。

　　　　"长安乱叶空忆诗"七字右：开后来多少章法。

　　　　"醉倒山翁但愁斜照敛"九字右：结束出奇，正是哀乐无端。

【校记】"练囊"，《片玉集》作"练囊"。

六丑　蔷薇谢后作

　　正单衣试酒，怅客里、光阴虚掷。愿春暂留，春

归如过翼。一去无迹。为问家何在，夜来风雨，葬楚官倾国。钗钿堕处遗芳泽。乱点桃蹊，轻翻柳陌。多情更谁追惜。但蜂媒蝶使，时叩窗槅。　　东园岑寂。渐朦胧暗碧。静绕珍丛底，成太息。长条故惹行客。似牵衣待话，别情无极。残英小、强簪巾帻。终不似、一朵钗头颤袅，向人敧侧。飘流处、莫趁潮汐。恐断红、尚有相思字，何由见得。

【谭评】"愿春暂留春归如过翼"九字右：逆入平出，亦平入逆出。

"春归如过翼一去无迹"眉批：悟。

"为问家何在"五字右：搏兔用全力。

"珍丛底成太息"六字右：处处断，处处连。

"残英小强"四字右：愿春暂留。

"莫趁潮汐恐"五字右：春归如过翼。

"红尚有相思字何由见"九字右：仍用逆挽，此片玉所独。

【校记】"为问家"，《片玉集》作"为问花"。　　"芳泽"，《宋四家词选》、《片玉集》作"香泽"。　　"更谁"，《片玉集》作"为谁"。　　"窗槅"，《片玉集》作"窗隔"。　　"朦胧"，《宋四家词选》、《片玉集》作"蒙笼"。　　"太息"，《宋四家词选》、《片玉集》作"叹息"。　　"断红"，《片玉集》、《续修》本作"断鸿"。

大　酺

对宿烟收，春禽静，飞雨时鸣高屋。墙头青玉旆，洗铅霜都尽，嫩梢相触。润逼琴丝，寒侵枕障，虫网吹黏帘竹。邮亭无人处，听檐声不断，困眠初熟。奈愁极频惊，梦轻难记，自怜幽独。　　行人归意速。最先念、流潦妨车毂。怎奈向、兰成憔悴，卫玠清羸，等闲时、易伤心目。未怪平阳客，双泪落、笛中哀曲。况萧索、青芜国。红糁铺地，门外荆桃如菽。夜游共谁秉烛。

【谭评】"头青玉旆"至"润逼琴"十六字右：辟灌皆有赋心，前周后吴，所以为大家也。

"人归意速最先"六字右：此亦新亭之泪。

"怎奈向"眉批：向，亨去声，方言也。

"萧索青芜国"至"夜游"十七字右：一句一折，一步一态，然周昉美人，非时世妆也。

满庭芳 夏日溧水无想山作

风老莺雏，雨肥梅子，午阴嘉树清圆。地卑山近，衣润费炉烟。人静乌鸢自乐，小桥外、新绿溅溅。凭阑久，黄芦苦竹，拟泛九江船。　　年年。如社燕，飘流瀚海，来寄修椽。且莫思身外，长近尊前。憔悴江南倦客，不堪听、急管繁弦。歌筵畔，先安枕簟，容我醉时眠。

【谭评】"地卑山近衣润费炉"八字右：离骚廿五，去人不远。

"莫思身外"四字右：杜诗韩笔。

【校记】"枕簟"，《片玉集》作"簟枕"。

少年游

并刀如水，吴盐胜雪，纤指破新橙。锦幄初温，兽香不断，相对坐调笙。　　低声问、向谁行宿，城上已三更。马滑霜浓，不如休去，直是少人行。

【谭评】眉批：丽极而清，清极而婉，然不可忽过"马滑霜浓"四字。

【校记】"纤指"，《片玉集》作"纤手"。　　"兽香"，《片玉集》作"兽烟"。

尉迟杯

隋堤路。渐日晚、密霭生深树。阴阴淡月笼沙，还宿河桥深处。无情画舸，都不管、烟波隔前浦。等行人、醉拥重衾，载将离恨归去。　　因思旧客京华，长偎傍、疏林小槛欢聚。冶叶倡条俱相识，仍惯见、珠歌翠舞。如今向、渔村水驿，夜如岁、焚香独自语。有何人、念我无憀，梦魂凝想鸳侣。

【谭评】"情画"二字右：沉着。

　　　　　"因思"二字右：章法。

　　　　　"村"字右：挽。

　　　　　"梦魂凝想鸳"五字右：收处颇率意。

【校记】"前浦"，《宋四家词选》、《片玉集》作"南浦"。　　"因思"，《片玉集》作"因念"。

花犯 梅花

粉墙低，梅花照眼，依然旧风味。露痕轻缀。疑净洗铅华，无限清丽。去年胜赏曾孤倚。冰盘共燕喜。更可惜、雪中高士，香篝熏素被。　　今年对花太匆匆，相逢似有恨，依依憔悴。凝望久，青苔上、旋看飞坠。相将见、脆圆荐酒，人正在、空江烟浪里。但梦想、一枝潇洒，黄昏斜照水。

【谭评】"依然"二字右：逆入。

"胜赏"二字右：平出。

"今年对花太"五字右：放笔为直干。

"凝望久"句眉批：凝望以下，筋摇脉动。

"相将见脆圆荐酒人正"九字右：如颜鲁公书，力透纸背。

【校记】"清丽"，《片玉集》作"佳丽"。　"共燕喜"，《片玉集》作"同宴喜"。　"高士"，《片玉集》作"高树"。　"太匆匆"，《片玉集》作"最匆匆"。　"憔悴"，《片玉集》作"愁悴"。　"凝望"，《片玉集》作"吟望"。　"脆圆"，《片玉集》作"脆丸"。

浪淘沙慢

晓阴重，霜凋岸草，雾隐城堞。南陌脂车待发。东门帐饮乍阕。正拂面垂杨堪揽结。掩红泪、玉手亲折。念汉浦离鸿去何许，经时信音绝。　　情切。望中地远天阔。向露冷风清，无人处、耿耿寒漏咽。嗟万事难忘，惟是轻别。翠尊未竭。凭断云留取，西楼残月。　　罗带光销纹衾叠。连环解、旧香顿歇。怨歌永、琼壶敲尽缺。恨春去、不与人期，弄夜色，空餘满地梨花雪。

【谭评】"拂面垂杨"四字右：难忘在此。

"凭断云留取西楼残月"眉批：所谓"以无厚入有间"，"断"
字"残"字皆不轻下。

"恨春去不与人期"眉批：本是人去不与春期，翻说是无憀
之思。

【校记】词调，《片玉集》作"浪淘沙"。　"晓阴"，《片玉集》作
"昼阴"。　"揽结"，《片玉集》作"缆结"。

菩萨蛮　　　　　陈克

赤阑桥尽香街直。笼街细柳娇无力。金碧上晴
空。花晴帘影红。　黄衫飞白马。日日青楼下。醉
眼不逢人。午香吹暗尘。

【谭评】眉批：李义山诗，最善学杜。

"午香吹暗"四字右：风刺显然。

【校记】《唐宋诸贤绝妙词选》有词题"春"。

绿芜墙绕青苔院。中庭日淡芭蕉卷。胡蝶上阶
飞。风帘自在垂。　玉钩双语燕。宝甃杨花转。几
处簸钱声。绿窗春梦轻。

【谭评】"风帘自在垂玉"六字右：不闻不见无穷。

【校记】《唐宋诸贤绝妙词选》有词题"春词"。　"芭蕉卷"，《宋四
家词选》作"芭蕉展"。

谒金门

愁脉脉。目断江南江北。烟树重重芳信隔。小楼山几尺。　　细草孤云斜日。一晌弄晴天色。帘外落花飞不得。东风无气力。

【谭评】"小楼山几"四字右：不如不见。

　　　"细"字右：一。

　　　"孤"字右：二。

　　　"斜"字右：三。

　　　"帘外落花飞不得"七字右：宰相何故失此人。

花满院。飞去飞来双燕。红雨入帘寒不卷。晓屏山六扇。　　翠袖玉笙凄断。脉脉两蛾愁浅。消息不知郎近远。一春长梦见。

【谭评】"入帘寒不卷晓屏山六扇翠"十一字右：帘既不卷，屏又掩之，亦加倍写。

　　　"消息不知郎近远"七字右：不怨帘，亦不怨屏。

双双燕 春燕　　　　　　史达祖

过春社了，度帘幕中间，去年尘冷。差池欲住，试入旧巢相并。还相雕梁藻井。又软语、商量不定。飘然快拂花梢，翠尾分开红影。　　芳径。芹泥雨润。爱贴地争飞，竞夸轻俊。红楼归晚，看足柳昏花暝。应自栖香正稳。便忘了、天涯芳信。愁损翠黛双蛾，日日画阑独凭。

【谭评】"中间去年尘冷差池欲住试入旧"十三字右：藏过一番感叹，
为"还"字"又"字张本。

"相雕梁藻井又软语商量"十字右：挑按见指法，再搏弄
便薄。

"楼归"二字右：换笔。

"自栖"二字右：换意。

"翠黛双蛾日日"六字右：收足，然无馀味。

【校记】词题，《梅溪词》作"咏燕"。

忆旧游 别黄澹翁　　　　吴文英

送人犹未苦，苦送春、随人去天涯。片红都飞
尽，阴阴润绿，暗里啼鸦。赋情顿雪双鬓，飞梦逐尘
沙。叹病渴凄凉，分香瘦减，两地看花。　　西湖断
桥路，想垂杨系马，依旧敧斜。葵麦迷烟处，问离巢
孤燕，飞过谁家。故人为写深怨，空壁扫秋蛇。但醉
上吴台，残阳草色归思赊。

【谭评】"送人犹未"四字右：飞鸟侧翅。

眉批：正面已是。

"西湖"二字右：章法。

眉批：深湛之思最足，善学清真处。

【校记】"阴阴"，《梦窗词集》作"□阴阴"。　　"垂杨系马"，《梦窗
词集》、《续修》本作"系马垂杨"。

点绛唇 试灯夜初晴

卷尽浮云，素娥临夜新梳洗。暗尘不起。酥润凌波地。　　辇路重来，仿佛灯前事。情如水。小楼熏被。春梦笙歌里。

【谭评】"卷尽浮云"四字右：此起稍平。

"路重来"、"仿"四字右：便见拗怒。

"情如水小楼熏被春"八字右：咳唾珠玉，此足当之。

【校记】"浮云"，《宋四家词选》《梦窗词集》作"愁云"。　　"素娥"，《续修》本作"素蛾"。

玉漏迟 中秋

雁边风讯小，飞琼望杳，碧云先晚。露冷阑干，定怯藕丝冰腕。净洗浮云片玉，胜花影、春灯相乱。秦镜满。素娥未肯，分秋一半。　　每圆处即良宵，甚此夕偏饶，对歌临怨。万里婵娟，几许雾屏云幔。孤兔凄凉照水，晓风起、银河西转。摩泪眼。瑶台梦回人远。

【谭评】"秦镜满素"四字右：奇弄间发。

"每圆处即良宵"六字右：直白处不当学。

【校记】词题，《梦窗词集》作"瓜泾度中秋夕赋"。　　"浮云"，《梦窗词集》作"浮空"。

齐天乐

烟波桃叶西陵路，十年断魂潮尾。古柳重攀，轻鸥骤别，陈迹危亭独倚。凉飔乍起。渺烟碛飞帆，暮山横翠。但有江花，共临秋镜照憔悴。　　华堂烛暗送客，眼波回盼处，芳艳流水。素骨凝冰，柔葱蘸雪，犹忆分瓜深意。清尊未洗。梦不湿行云，谩沾残泪。可惜秋宵，乱蛩疏雨里。

【谭评】眉批：虽亦是平起，而结响颇遒。

　　"凉飔乍起渺烟碛飞"八字右：领句亦是提肘书法。

　　"有江花"三字右：便沉着。

　　"华堂"二字右：追叙。

【校记】"骤别"，《梦窗词集》作"聚别"。

风入松

听风听雨过清明。愁草瘗花铭。楼前绿暗分携路，一丝柳、一寸柔情。料峭春寒中酒，交加晓梦啼莺。　　西园白（一作日）日扫林亭。依旧赏新晴。黄蜂频扑秋千索，有当时、纤手香凝。惆怅双鸳不到，幽阶一夜苔生。

【谭评】眉批：此是梦窗极经意词，有五季遗响。

　　"黄蜂频扑秋千索有当时纤手香"十三字右：西子衾裯拂过来。是痴语，是深语。

　　"到幽"二字右：温厚。

玉京秋　　　　　　周密

烟水阔。高秋弄残照，晚蝉凄切。画角吹寒，碧砧度韵，银床飘叶。衣湿桐阴露冷，采凉花、时赋秋雪。难轻别。一襟幽事，砌蛩能说。　　客思吟商还怵。怨歌永、琼壶暗缺。翠扇恩疏，红衣香褪，翻成销歇。玉骨西风，恨最恨、闲却新凉时节。楚箫咽。谁倚西楼淡月。

【谭评】眉批：南渡词境高处，往往出于清真。

　　　　"骨西风恨最恨闲"七字右：何必非髀肉之叹。

【校记】《蘋洲渔笛谱》有词序："长安独客，又见西风素月丹枫，凄然其为秋也，因调夹钟羽一解。"　　"高秋"，《宋四家词选》、《蘋洲渔笛谱》作"高林"。　　"晚蝉"，《宋四家词选》、《蘋洲渔笛谱》作"晚蜩"。　　"画角吹寒"四字，《宋四家词选》、《蘋洲渔笛谱》、谭评本无，据《续修》本补。　　"怨歌永"，《宋四家词选》、《蘋洲渔笛谱》作"怨歌长"。　　"翠扇恩疏"，原作"翠扇疏"，据《蘋洲渔笛谱》、《续修》本补。　　"谁倚"，《蘋洲渔笛谱》、《续修》本作"谁寄"。

解语花

　　晴丝罥蝶，暖蜜酣蜂，重帘卷春寂寂。雨萼烟梢，压阑干、花雨染衣红湿。金鞍误约，空极目、天涯草色。阆苑玉箫人去后，惟有莺知得。　　馀寒犹掩翠户，梁燕乍归，芳信未端的。浅薄东风，莫因循、轻把杏钿狼藉。尘侵锦瑟。残日红窗春梦窄。睡起折枝无意绪，斜倚秋千立。

【谭评】眉批：层折断续，镕炼沥液。

"薄东风莫因循轻把杏钿"十字右：柔厚至此，岂非风诗之遗。

【校记】《蘋洲渔笛谱》有词序："羽调《解语花》，音韵婉丽，有谱而亡其辞。连日春晴，风景韶媚，芳思撩人，醉捻花枝，倚声成句。" "晴丝"，原作"暗丝"，据《续修》本改。 "重帘"，《蘋洲渔笛谱》作"重檐"。 "红窗"，《蘋洲渔笛谱》作"绿窗"。

眉妩 新月　　　　　　　　　　王沂孙

渐新痕悬柳，淡彩穿花，依约破初暝。便有团圆意，深深拜，相逢谁在香径。画眉未稳。料素娥、犹带离恨。最堪爱、一曲银钩小，宝帘挂秋冷。　　千古盈亏休问。叹谩磨玉斧，难补金镜。太液池犹在，凄凉处、何人重赋清景。故山夜永。试待他、窥户端正。看云外山河，还老桂花旧影。结句校改作"还老尽、桂花影"。

【谭评】眉批：圣与精能，以婉约出之。以诗派律之，大历诸家，去开宝未远。

眉批：玉田正是劲敌，但士气则碧山胜矣。

眉批：蹊径显然。

"便有团圆意"至"画眉未稳料"十九字右：寓意自深，音辞高亮。欧、晏如兰亭真本，此仅一翻。

【校记】"素娥"，《续修》本作"素蛾"。

齐天乐 萤

碧痕初化池塘草，荧荧野光相趁。扇薄星流，盘明露滴，零落秋原飞磷。练裳相近。记穿柳生凉，度荷分暝。误我残编，翠囊空叹梦无准。　　楼阴时过数点，倚阑人未睡，曾赋幽恨。汉苑飘苔，秦宫坠叶，千古凄凉不尽。何人为省。但隔水馀辉，傍林残影。已觉萧疏，更堪秋夜永。

【谭评】"我残编翠囊"五字右：二句亦寓言。

　　　　"楼阴时过数点倚阑人未"十字右：拓成远势，过变中又一法。

　　　　"汉苑飘苔秦宫坠"七字右：可谓盘挐倔强矣。

　　　　"已觉萧疏"四字右：绕梁之音。

【校记】"相近"，《宋四家词选》、《花外集》作"暗近"。　　"记穿柳"，《续修》本作"况穿柳"。　　"秦宫"，《宋四家词选》、《花外集》作"秦陵"。

齐天乐 蝉

一襟馀恨宫魂断，年年翠阴庭树。乍咽凉柯，还移暗叶，重把离愁深诉。西窗过雨。怪瑶佩流空，玉筝调柱。镜暗妆残，为谁娇鬓尚如许。　　铜仙铅泪似洗，叹移盘去远，难贮零露。病叶惊秋，枯形阅世，销得斜阳几度。馀音更苦。甚独抱清商，顿成凄楚。谩想薰风，柳丝千万缕。

【谭评】眉批：此是学唐人句法章法。"庾郎先自吟愁赋"逊其蔚跋。

　　　　"西窗过雨"四字右：亦排宕法。

　　　　"铜仙铅泪"四字右：极力排荡。

"病叶惊秋枯形阅世消得斜阳"十二字右：玩其弦指收裹处，有变徵之音。

"谩想薰风柳丝千万缕"九字右：掉尾不肯直泻，然未自在。

【校记】"病叶"，《宋四家词选》、《花外集》作"病翼"。　"清商"，《花外集》作"清高"。

高阳台

　　残雪庭除，轻寒帘影，霏霏玉管春葭。小帖金泥，不知春是谁家。相思一夜窗前梦，奈个人、水隔天遮。但凄然，满树幽香，满地横斜。　　江南自是离愁苦，况游骢古道，归雁平沙。怎得银笺，殷勤与说年华。如今处处生芳草，纵凭高、不见天涯。更消他，几度东风，几度飞花。

【谭评】"一夜窗前"四字右：点逗清醒。

"古道归雁平沙"六字右：又是一层钩勒。

眉批：《诗品》云"返虚入浑"，妙处传矣。

【校记】《花外集》有词题"和周草窗寄越中诸友韵"。　"庭除"，《宋四家词选》、《花外集》作"庭阴"。　"春是"，《花外集》作"春在"。

扫花游 绿阴

　　卷帘翠湿，过几阵残寒，几番风雨。问春住否。但匆匆暗里，换将花去。乱碧迷人，总是江南旧树。漫凝伫。念昔日采香，人更何许。　　芳径携酒处。

又荫得青青，嫩苔无数。故林晚步。想参差渐满，野塘山路。倦枕闲床，正好微曛院宇。送凄楚。怕凉声、又催秋暮。

【谭评】眉批：刺朋党日繁。

　　　　"碧迷"二字右：风刺。

【校记】"翠湿"，《续修》本作"湿翠"。　　"人更"，《花外集》作"今更"。

琐窗寒

趁酒梨花，催诗柳絮，一窗春怨。疏疏过雨，洗尽满阶芳片。数东风、二十四番，几番误了西园宴。认小帘朱户，不如飞去，旧巢双燕。　　曾见。双蛾浅。自别后多应，黛痕不展。扑蝶花阴，怕看题诗团扇。试凭他、流水寄情，溯红不到春更远。但无聊、病酒恹恹，夜月荼蘼院。

【谭评】"风二十四"四字右：幽咽如诉。

　　　　"曾见"二字右：章法。

　　　　"凭他流水寄情溯红不到春更"十二字右：宕逸得未曾有。碧山胜处独擅。

【校记】词牌名，《花外集》作"锁窗寒"。　　《花外集》有词题"春思"。

解连环 孤雁　　　　　张炎

楚江空晚。怅离群万里，恍然惊散。自顾影、欲下寒塘，正沙净草枯，水平天远。写不成书，只寄得、相思一点。叹因循误了，残毡拥雪，故人心眼。　谁怜旅愁荏苒。谩长门夜悄，锦筝弹怨。想伴侣、犹宿芦花，也曾念春前，去程应转。暮雨相呼，怕蓦地、玉关重见。未羞他、双燕归来，画帘半卷。

【谭评】"楚江空晚怅离群万里"九字右：亦是侧入，而气伤于僄。

"远写不成"四字右：檇李指痕。

"想伴"二字右：如话。

"雨相呼怕蓦地玉关"八字右：浪花圆蹴，颇近自然。

【校记】"叹因循"，《山中白云》作"料因循"。

高阳台　西湖春感

接叶巢莺，平波卷絮，断桥斜日归船。能几番游，看花又是明年。东风且伴蔷薇住，到蔷薇、春已堪怜。更凄然。万绿西泠，一抹荒烟。　当年燕子知何处，但苔深韦曲，草暗斜川。见说新愁，如今也到鸥边。无心再续笙歌梦，掩重门、浅醉闲眠。莫开帘，怕见飞花，怕听啼鹃。

【谭评】眉批：运掉虚浑。

"东风且伴蔷薇住到蔷"九字右：措注是玉田，他家所无。

眉批：玉田云："最是过片，不可断了曲意。"

"当年"二字右：章法。

【校刻】"荒烟"，《宋四家词选》作"寒烟"。

甘州 饯沈秋江

记玉关踏雪事清游。寒气敝貂裘。傍枯林古道，长河饮马，此意悠悠。短梦依然江表，老泪洒西州。一字无题处，落叶都愁。　　载取白云归去，问谁留楚佩，弄影中州。折芦花赠远，零落一身秋。向寻常、野桥流水，待招来，不是旧沙鸥。空怀感，有斜阳处，最怕登楼。

【谭评】眉批：一气旋折，作壮词须识此法。白石嘤求稼轩，脱胎耆卿。此中消息，愿与知音人参之。

　　　　"题处落"三字右：颇恢诡。

　　　　"有斜阳处"四字右：不落屠沽。

【校记】词牌名，《宋四家词选》作"八声甘州"。　　词题，《山中白云》作："辛卯岁，沈尧道同余北归，各处杭越。逾岁，尧道来问寂寞，语笑数日，又复别去，赋此曲，并寄赵学舟。"　"敝貂裘"，《山中白云》作"脆貂裘"。　　"最怕"，《山中白云》作"却怕"。

水龙吟 白莲　　　　　　　唐珏

淡妆人更婵娟，晚奁净洗铅华腻。泠泠月色，萧萧风度，娇红欲避。太液池空，霓裳舞倦，不堪重记。叹冰魂犹在，翠舆难驻，玉簪为谁轻坠。　　别有凌空一叶，泛清寒、素波千里。珠房泪湿，明珰恨远，旧游梦里。羽扇生秋，琼楼不夜，尚遗仙意。奈香云易散，绡衣半脱，露凉如水。

【谭评】眉批：汐社诸篇，当以江淹《杂诗》法读。更上则郭璞《游
仙》，元亮《读山海经》。字字鉄丽，字字珑玲。学者取月，于此
梯云。

　　"液"字右：开。

　　"别有凌空一"五字右：推阐以尽能。

　　"房"字右：合。

　　"香云易散绡衣半脱露"九字右：一唱三叹，有遗音者矣。

【校记】词题，《乐府补题》作"浮翠山房拟赋白莲"。　　"欲避"，
《乐府补题》作"敛避"。

浣溪沙　　　　　　　　　　　　　　李清照

髻子伤春懒更梳。晚风庭院落梅初。淡云来往月
疏疏。　　玉鸭熏炉闲瑞脑，朱樱斗帐掩流苏。通犀
还解辟寒无。

【谭评】眉批：易安居士独此篇有唐调。选家炉冶，遂标此奇。

词辨卷二

【谭评】周氏以此卷为变，截断众流，解人不易索也。

玉楼春

李后主

晚妆初了明肌雪。春殿嫔娥鱼贯列。凤箫声断水云间，重按霓裳歌遍彻。　　临风谁更飘香屑。醉扑阑干情未切。归时休放烛花红，待踏马蹄清夜月。

【谭评】末二句眉批：豪宕。

【校记】"凤箫声断"，《南唐二主词》作"笙箫吹断"。　　"临风"，《南唐二主词》作"临春"。　　"醉扑阑干情未切"，《南唐二主词》作"醉拍栏干情味切"。　　"休放"，《南唐二主词》作"休照"。　　"待踏"，《南唐二主词》作"待放"。

阮郎归

东风吹水日衔山。春来长是闲。落花狼藉酒阑珊。笙歌醉梦间。　　春睡觉，晚妆残。无人整翠鬟。留连光景惜朱颜。黄昏人倚阑。

【校记】此词又见《阳春集》、《欧阳文忠公近体乐府》，作冯延巳、欧阳修词。　　《南唐二主词》有词题"呈郑王十二弟"。　　"春睡觉"，《南唐二主词》作"佩声悄"。　　"无人"，《南唐二主词》作"凭谁"。　　"人倚阑"，《南唐二主词》作"独倚栏"。

临江仙

樱桃落尽春归去，蝶翻轻粉双飞。子规啼月小楼西。玉钩帘幕，惆怅暮烟垂。　　别巷寂寥人散后，望残烟草低迷。炉香闲袅凤凰儿。空持罗带，回首恨依依。

【谭评】"炉香闲袅凤皇儿"六字右：三句疑出续貂。

【校记】"轻粉"，《南唐二主词》作"金粉"。　　"玉钩帘幕"，《南唐二主词》作"画帘珠箔"。　　"暮烟垂"，《南唐二主词》作"卷金泥"。　　"别巷"，《南唐二主词》作"门巷"。　　"散后"，《南唐二主词》作"去后"。

相见欢

林花谢了春红。太匆匆。无奈朝来寒雨晚来风。焉支泪，相留醉。几时重。自是人生长恨水长东。

【谭评】眉批：濡染大笔。

【校记】词牌名，《南唐二主词》作"乌夜啼"。　　"无奈"，《南唐二主词》作"常恨"。　　"焉支"，《南唐二主词》作"胭脂"。"相留醉"，《南唐二主词》作"留人醉"。

清平乐

别来春半。触目愁肠断。砌下落梅如雪乱。拂了一身还满。　　雁来音信无凭。路遥归梦难成。离恨却如春草，更行更远还生。

【谭评】眉批："泪眼问花花不语，落红飞过秋千去"，与此同妙。

【校记】"却如"，《南唐二主词》作"恰如"。

浪淘沙

帘外雨潺潺。春意阑珊。罗衾不耐五更寒。梦里不知身是客，一晌贪欢。　　独自莫凭阑。无限江山，别时容易见时难。流水落花归去也，天上人间。

【谭评】眉批：雄奇幽怨，乃兼二难。后起稼轩，稍伧父矣。

【校记】"阑珊"，《南唐二主词》作"将阑"。　　"不耐"，《南唐二主词》作"不暖"。　　"江山"，《南唐二主词》作"关山"。　　"归去"，《续修》本作"春去"。

往事只堪哀。对景难排。秋风庭院藓侵阶。一桁珠帘闲不卷，终日谁来。　　金剑已沉埋。壮气蒿莱。晚凉天静月华开。想得玉楼瑶殿影，空照秦淮。

【校记】"一桁"，《南唐二主词》作"一行"。　　"金剑"，《南唐二主词》作"金锁"。

虞美人

风回小院庭芜绿。柳眼春相续。凭阑半日独无言。依旧竹声新月似当年。　　笙歌未尽樽罍在。池面冰初解。烛明香暗画楼深。满鬓清霜残雪思难禁。

【谭评】眉批：二词终当以神品目之。

【校记】"未尽"，《南唐二主词》作"未散"。　　"樽罍"，《南唐二主词》作"尊前"。　　"画楼"，《南唐二主词》作"画堂"。"难禁"，《南唐二主词》作"难任"。

　　春花秋月何时了。往事知多少。小楼昨夜又东风。故国不堪回首月明中。　　雕阑玉砌应犹在。只是朱颜改。问君能有几多愁。恰似一江春水向东流。

【谭评】眉批：后主之词，足当太白诗篇，高奇无匹。

【校记】"应犹"，《南唐二主词》作"依然"。　　"能有"，《南唐二主词》作"都有"。

玉楼春 夜起避暑摩诃池上作　　蜀主孟昶

　　冰肌玉骨清无汗。水殿风来暗香满。绣帘一点月窥人，欹枕钗横鬓云乱。　　起来琼户启无声，时见疏星度河汉。屈指西风几时来，只恐流年暗中换。

【谭评】眉批：此词终当存疑，未必东坡点窜。

【校记】"鬓云"，《词综》作"云鬓"。

临江仙　　鹿虔扆

　　金锁重门荒苑静，绮窗愁对秋空。翠华一去寂无踪。玉楼歌吹，声断已随风。　　烟月不知人事改，夜阑还照深宫。藕花相向野塘中。暗伤亡国，清露泣香红。

【谭评】眉批：哀悼感愤，终当存疑，当以入正集。

苏幕遮 范仲淹

碧云天，红叶地。秋色连波，波上寒烟翠。山映斜阳天接水。芳草无情，更在斜阳外。　　黯乡魂，追旅思。夜夜除非，好梦留人睡。明月楼高休独倚。酒入愁肠，化作相思泪。

【谭评】眉批：大笔振迅。

【校记】《范文正公诗馀》有词题"怀旧"。　　"红叶"，《范文正公诗馀》作"黄叶"。　　"旅思"，《宋四家词选》作"旅意"。

渔家傲

塞下秋来风景异。衡阳雁去无留意。四面边声连角起。千嶂里。长烟落日孤城闭。　　浊酒一杯家万里。燕然未勒归无计。羌管悠悠霜满地。人不寐。将军白发征夫泪。

【谭评】眉批：沉雄似张巡五言。

【校记】《范文正公诗馀》有词题"秋思"。

卜算子 雁 苏轼

缺月挂疏桐，漏断人初定。时见幽人独往来，飘渺孤鸿影。　　惊起却回头，有恨无人省。拣尽寒枝不肯栖，寂寞沙洲冷。

【谭评】眉批：皋文《词选》以《考槃》为比，其言非河汉也。此亦
　　鄙人所谓作者未必然，读者何必不然。

【校记】词题，《东坡乐府》作"黄州定慧院寓居作"。　　"初定"，
　　《宋四家词选》《东坡乐府》作"初静"。　　"时见"，《东坡乐
　　府》作"谁见"。　　"飘渺"，《宋四家词选》《东坡乐府》作
　　"缥渺"。　　"寂寞沙洲"，《东坡乐府》作"枫落吴江"。

贺新凉

　　乳燕飞华屋。悄无人、槐阴转午，晚凉新浴。手弄
生绡白团扇，扇手一时似玉。渐困倚、孤眠清熟。帘
外谁来推绣户，枉教人、梦断瑶台曲。又却是，风敲
竹。　　石榴半吐红巾蹙。待浮花、浪蕊都尽，伴君幽
独。秾艳一枝细看取，芳意千重似束。又恐被、秋风惊
绿。若待得君来向此，花前对酒不忍触。共粉泪，两
簌簌。

【谭评】眉批：颇欲与少陵《佳人》一篇互证。
　　　　"榴半吐红巾蹙"至"伴君幽独"十七字右：下阕别开异境，
　　南宋稼轩有之，变而近正。

【校记】此首《续修》本无。　　词牌名，《东坡乐府》作"贺新
　　郎"。　　"槐阴"，《东坡乐府》作"桐阴"。　　"秾艳"，《东坡
　　乐府》作"浓艳"。　　"芳意"，《东坡词》作"芳心"。　　"秋
　　风"，吴讷《唐宋名贤百家词》本《东坡词》作"西风"。　　"花
　　前"，《宋四家词选》作"怕花前"。

贺新凉　　　　　　　　　　李玉

篆缕销金鼎。醉沉沉、庭阴转午，画堂人静。芳草王孙知何处，惟有杨花糁径。渐玉枕、蓊腾初醒。帘外残红春已透，镇无聊、殢酒恹恹病。云鬓乱，未忺整。　　江南旧事休重省。遍天涯、寻消问息，断鸿难倩。月满西楼凭阑久，依旧归期未定。又只恐、瓶沉金井。嘶骑不来银烛暗，枉教人、立尽梧桐影。谁伴我，对鸾镜。

【校记】此首谭评本无，据《续修》本补。　　调名，《唐宋诸贤绝妙词选》作"贺新郎"，有词题"春情"。　　"蓊腾初醒"，《唐宋诸贤绝妙词选》作"腾腾春醒"。　　"未忺"，《四部丛刊》本《唐宋诸贤绝妙词选》作"未欢"。

清平乐　　　　　　　　　　王安国

留春不住。费尽莺儿语。满地残红宫锦污。昨夜南园风雨。　　小怜初上琵琶。晚来思绕天涯。不肯画堂朱户，春风自在杨花。

【谭评】"残红宫锦污昨夜南"八字右：倒装二句，以见笔力。
　　　　"不肯画堂朱户春风"八字右：品格自高，言为心声。

【校记】《唐宋诸贤绝妙词选》有词题"春晚"。　　"杨花"，《唐宋诸贤绝妙词选》作"梨花"。

青玉案　元夕　　　　　　　辛弃疾

东风夜放花千树。更吹陨、星如雨。宝马雕车香满路。凤箫声动，玉壶光转，一夜鱼龙舞。　　蛾儿雪柳黄金缕。笑语盈盈暗香去。众里寻他千百度。蓦然回首，那人却在，灯火阑珊处。

【谭评】眉批：稼轩心胸，发其才气。改之而下则犷。

"更吹陨星"四字右：赋色瑰异。

下阕眉批：何尝不和婉。

【校记】"吹陨"，《稼轩长短句》作"吹落"。

念奴娇 书东流村壁

野棠花落，又匆匆过了，清明时节。刬地东风欺客梦，一枕云屏寒怯。曲岸持觞，垂杨系马，此地曾经别。楼空人去，旧游飞燕能说。　　闻道绮陌东头，行人曾见，帘底纤纤月。旧恨春江流不尽，新恨云山千叠。料得明朝，尊前重见，镜里花难折。也应惊问，近来多少华发。

【谭评】眉批：大踏步出来，与眉山同工异曲。然东坡是衣冠伟人，稼轩则弓刀游侠。

"空人去旧游飞燕能说闻"十字右：当识其俊逸清新，兼之故实。

【校记】"野棠"，《宋四家词选》作"野塘"。　　"经别"，《稼轩长短句》作"轻别"。　　"不尽"，《稼轩长短句》作"不断"。

祝英台近

宝钗分，桃叶渡。烟柳暗南浦。怕上层楼，十日九风雨。断肠点点飞红，都无人管，更谁劝、流莺声住。
鬓边觑。试把花卜归期，才簪又重数。罗帐灯昏，哽咽
梦中语。是他春带愁来，春归何处。却不解、带将愁去。

【谭评】"断肠点点飞"五字右：一波三过折
　　　　"春带愁来春归何处却不"十字右：托兴深切，亦非全用直笔。
【校记】《稼轩长短句》有词题"晚春"。　"点点"，《稼轩长短句》
　　作"片片"。　"流莺"，《稼轩长短句》作"啼莺"。　"试
　　把"，《稼轩长短句》作"应把"。

木兰花慢 滁州送花倅

老来情味减，对别酒、怯流年。况屈指中秋，十
分好月，不照人圆。无情水都不管，共西风只管送归
船。秋晚莼鲈江上，夜深儿女灯前。　　征衫。便好
去朝天。玉殿正思贤。想夜半承明，留教视草，却遣
筹边。长安故人问我，道愁肠殢酒只依然。目断秋霜
落雁，醉来时响空弦。

【校记】词题，《稼轩长短句》作"滁州送范倅"。　"老来"，《续
　　修》本作"老去"。　"秋霜"，《稼轩长短句》、《续修》本、《宋
　　四家词选》均作"秋霄"。

摸鱼儿 淳熙己亥，自湖北漕移湖南，
同官王正之置酒小山亭赋

更能消、几番风雨。匆匆春又归去。惜春长怕花

开早，何况落红无数。春且住。见说道、天涯芳草无归路。怨春不语。算只有殷勤，画檐蛛网，尽日惹飞絮。　　长门事，准拟佳期又误。蛾眉曾有人妒。千金纵买相如赋。脉脉此情难诉。君莫舞。君不见、玉环飞燕皆尘土。闲愁最苦。休去倚危阑，斜阳正在，烟柳断肠处。

【谭评】眉批：权奇倜傥，纯用太白乐府诗法。

　　　　　"见"字右：开。

　　　　　"不"字右：合。

【校记】词题"小山亭赋"，《稼轩长短句》作"小山亭为赋"。

水龙吟 旅次登楼

楚天千里清秋，水随天去秋无际。遥岑远目，献愁供恨，玉簪螺髻。落日楼头，断鸿声里，江南游子。把吴钩看了，阑干拍遍，无人会、登临意。　　休说鲈鱼堪脍。尽西风、季鹰归未。求田问舍，怕应羞见，刘郎才气。可惜流年，忧愁风雨，树犹如此。倩何人唤取，红巾翠袖，揾英雄泪。

【谭评】眉批：裂竹之声，何尝不潜气内转。

【校记】词题，《稼轩长短句》作"登建康赏心亭"。

永遇乐 京口北固亭怀古

千古江山，英雄无觅，孙仲谋处。舞榭歌台，风流总被，雨打风吹去。斜阳草树，寻常巷陌，人道寄奴曾住。想当年、金戈铁马，气吞万里如虎。　　元嘉草草，封狼居胥，赢得仓皇北顾。四十三年，望中犹记，灯火扬州路。可堪回首，佛狸祠下，一片神鸦社鼓。凭谁问、廉颇老矣，尚能饭否。

【谭评】眉批：起句嫌有犷气。

　　　　眉批：使事太多，宜为岳氏所讥。非稼轩之盛气，勿轻染指也。

【校记】"封狼居胥"，原作"封狼居胥意"，据《稼轩长短句》及《续修》本改。　　"灯火"，《稼轩长短句》、《续修》本作"烽火"。

汉宫春 立春

　　春已归来，看美人头上，袅袅春幡。无端风雨，未肯收尽馀寒。年时燕子，料今宵、梦到西园。浑未办、黄柑荐酒，更传青韭堆盘。　　却笑东风，从此便、熏花染柳，更没些闲。闲时又来镜里，转变朱颜。清愁不断，问何人、会解连环。生怕见、花开花落，朝来塞雁先还。

【谭评】眉批：以古文长篇法行之。

【校记】"今宵"，《续修》本作"今朝"。　　"浑未办"，《宋四家词选》作"浑未辨"。　　"东风"，《续修》本作"春风"。　　"熏花"，《宋四家词选》、《稼轩长短句》作"熏梅"。

蝶恋花 元旦立春

　　谁向椒盘簪彩胜。整整韶华，争上春风鬓。往日不堪重记省。为花常抱新春病。　　春未来时先借问。晚恨开迟，早又飘零近。今岁花期消息定。只愁风雨无凭准。

【谭评】末二句眉批：旋撇旋挽。

【校记】"常抱"，《稼轩长短句》作"长把"。

菩萨蛮 书江西造口壁

郁孤台下清江水。中间多少行人泪。西北是长安。可怜无数山。　　青山遮不住。毕竟东流去。江晚正愁余。山深闻鹧鸪。

【谭评】"西北是长安可"六字右：宕逸中亦深炼。

【校记】"是长安"，《稼轩长短句》作"望长安"。　　"东流"，《稼轩长短句》作"江流"。

淡黄柳　　　　　　　　姜夔

客居合肥城南赤阑桥之西，巷陌凄凉，与江左异。惟柳色夹道，依依可怜。因度此曲，以舒客怀。

空城晓角。吹入垂杨陌。马上单衣寒恻恻。看尽鹅黄嫩绿，都是江南旧相识。　　正岑寂。明朝又寒食。强携酒，小桥宅。怕梨花落尽成秋色。燕燕飞来，问春何在，惟有池塘自碧。

【谭评】眉批：白石、稼轩，同音笙磬。但清脆与镗鞳异响，此事自关性分。

【校记】"城南",《白石道人歌曲》作"南城"。　　"依依",原作
　　"依然",据《续修》本及《白石道人歌曲》改。　　"此曲"、"以
　　舒",《白石道人歌曲》作"此阕"、"以纾"。

暗　香

辛亥之冬,余载雪诣石湖。止既月,授简索句,且征新声,作此
两曲。石湖把玩不已,使工妓肄习之,音节谐婉,乃名之曰《暗香》、
《疏影》。

旧时月色。算几番照我,梅边吹笛。唤起玉人,
不管清寒与攀摘。何逊而今渐老,都忘却、春风词
笔。但怪得、竹外疏花,香冷入瑶席。　　江国。正
寂寂。叹寄与路遥,夜雪初积。翠尊易泣。红萼无言
耿相忆。长记曾携手处,千树压、西湖寒碧。又片
片、吹尽也,几时见得。

【谭评】眉批:石湖咏梅,是尧章独到处。
　　"尊易泣红萼"五字右:深美有《骚》、《辨》意。

疏　影

苔枝缀玉。有翠禽小小,枝上同宿。客里相逢,
篱角黄昏,无言自倚修竹。昭君不惯胡沙远,但暗忆、
江南江北。想佩环、月下归来,化作此花幽独。　　犹
记深宫旧事,那人正睡里,飞近蛾绿。莫似春风,不
管盈盈,早与安排金屋。还教一片随波去,又却怨、

玉龙哀曲。等恁时、重觅幽香，已入小窗横幅。

【谭评】"一片随波"四字右：跌宕昭彰。

【校刻】"月下"，《白石道人歌曲》作"月夜"。　　"重觅"，《白石道
　　人歌曲》作"再觅"。

朝中措　　　　　　　　　　　陆游

怕歌愁舞懒逢迎。妆晚托春醒。总是向人深处，
当时枉道无情。　　关心近日，啼红密诉，剪绿深
盟。杏馆花阴恨浅，画堂银烛嫌明。

【谭评】眉批：放翁秾纤得中，精粹不少。南宋善学少游者惟陆。

　　　　"向人深处"四字右：弥拙弥秀。

【校刻】《放翁词》有词题"代谭德称作"。

唐多令　　　　　　　　　　　刘过

芦叶满汀洲。寒沙带浅流。二十年、重过南楼。
柳下系船犹未稳，能几日、又中秋。　　黄鹤断矶
头。故人曾到不。旧江山、浑是新愁。欲买桂花同载
酒，终不似、少年游。

【谭评】"江山"二字右：雅音。

【校记】《龙洲词》有小序："安远楼小集，侑觞歌板之姬黄其姓者，
　　乞词于龙洲道人，为赋此唐多令，同柳阜之、刘去非、石民瞻、

周嘉仲、陈孟参、孟容，时八月五日也。"

玉楼春　　　　　　　严仁

春风只在园西畔。荠菜花繁蝴蝶乱。冰池晴绿照
还空，香径落红吹已断。　　意长翻恨游丝短。尽日
相思罗带缓。宝奁如月不欺人，明日归来君试看。

【谭评】下阕眉批：能用齐梁小乐府意法入填词，便参上乘。

【校记】词牌名，《宋四家词选》作"木兰花"。　　《中兴以来绝妙词
选》有词题"春思"。　　谭评本脱作者名，据《续修》本补。

贺新凉　　　　　　　蒋捷

梦冷黄金屋。叹秦筝、斜鸿阵里，素弦尘扑。化
作娇莺飞归去，犹认窗纱旧绿。正过雨、荆桃如菽。
此恨难平君知否，似琼台、涌起弹棋局。消瘦影，嫌
明烛。　　鸳楼碎泻东西玉。问芳踪、何时再展，翠
钗难卜。待把宫眉横云样，描上生绡画幅。怕不是、
新来妆束。彩扇红牙今都在，恨无人、解听开元曲。
空掩袖，倚寒竹。

【谭评】"化作"至"旧绿"十三字眉批：瑰丽处鲜妍自在。

　　　　下阕眉批：词藻太密。

【校记】汲古阁本《竹山词》有词题"怀旧"。　　"窗纱"，《竹山词》
作"纱窗"。　　"嫌明烛"，《续修》本作"怯明烛"。　　"芳
踪"，《竹山词》作"芳悰"。

以下二首谭评本无，据《续修》本补。

多丽 西湖泛舟席上作　　　　　　张矞

晚山青。一川云树冥冥。正参差、烟凝紫翠，斜阳画出南屏。馆娃归、吴台游鹿，铜仙去、汉苑飞萤。怀古情多，凭高望极，且将尊酒慰飘零。自湖上、爱梅仙远，鹤梦几时醒。空留得、六桥疏柳，孤屿危亭。　　待苏堤、歌声散尽，更须携妓西泠。藕花深、雨凉翡翠，菰蒲软、风弄蜻蜓。澄碧生秋，闹红驻景，采菱新唱最堪听。见一片、水天无际，渔火两三星。多情月、为人留照，未过前汀。

【校记】词题，《蜕岩词》作："西湖泛舟夕归，施成大席上以'晚山青'为起句，各赋一词。"　"空留得"，《蜕岩词》作"空留在"。

宝鼎现　　　　　　康与之

夕阳西下，暮霭红溢，香风罗绮。乘丽景、华灯争放，浓焰烧空连锦砌。睹皓月、浸严城如昼，花影寒笼绛蕊。渐掩映、芙蕖万顷，迤逦齐开秋水。　　太守无限行歌意。拥麾幢、光动珠翠。倾万井、歌台舞榭，瞻望朱轮骈鼓吹。控宝马、耀貔貅千骑。银烛交光数里。似乱簇、寒星万点，拥入蓬壶影里。　　来伴宴阁多才，环艳粉、瑶簪珠履。恐看看、丹诏归春，宸游燕侍。便趁早、占通宵醉。莫放笙歌起。任画角、吹老寒梅，月满西楼十二。

周氏止庵介存斋论词杂著

两宋词各有盛衰。北宋盛于文士，而衰于乐工；南宋盛于乐工，而衰于文士。

北宋有无谓之词以应歌，南宋有无谓之词以应社。然美成《兰陵王》、东坡《贺新凉》，当筵命笔，冠绝一时。碧山《齐天乐》之咏蝉、玉潜《水龙吟》之咏白莲，又岂非社中作乎？故知雷雨郁蒸，是生芝菌；荆榛蔽芾，亦产蕙兰。

词有高下之别，有轻重之别。飞卿下语镇纸，端己揭响入云，可谓极两者之能事。

近人颇知北宋之妙，然终不免有"姜"、"张"二字，横亘胸中。岂知姜、张在南宋亦非巨擘乎？论词之人，叔夏晚出，既与碧山同时，又与梦窗别派，是以过尊白石，但主清空。后人不能细研词中曲折深浅之故，群聚而和之，并为一谈，亦固其所也。

学词先以用心为主，遇一事、见一物，即能沉思独往，冥然终日，出手自然不平。次则讲片段，次则讲离合。成片段而无离合，一览索然矣。次则讲色泽音节。

感慨所寄，不过盛衰。或绸缪未雨，或太息厝薪，或己溺己饥，或独清独醒，随其人之性情学问境地，莫不有由衷之言。见事多，识理透，可为后人论世之资。诗有史，词亦有史，庶乎自树一帜矣。若乃离别怀思，感士不遇，陈陈相因，唾渖互拾，便思高揖温、韦，不亦耻乎？

初学词求空，空则灵气往来。既成格调，求实，实则精力弥满。初学词求有寄托，有寄托则表里相宣，斐然成章。既成格调，求无寄托，无寄托，则指事类情，仁者见仁，知者见知。北宋词，下者在南宋下，以其不能空，且不知寄托也；高者在南宋上，以其能实，且能无寄托也。南宋则下不犯北宋拙率之病，高不到北宋浑涵之诣。

皋文曰："飞卿之词，深美闳约。"信然。

飞卿酝酿最深，故其言不怒不慑，备刚柔之气。

针缕之密，南宋人始露痕迹，《花间》极有浑厚气象。如飞卿则神理超越，不复可以迹象求矣。然细绎之，正字字有脉络。

端己词，清艳绝伦，初日芙蓉春月柳，使人想见风度。

皋文曰："延巳为人专蔽固嫉，而其言忠爱缠绵，此其君所以深信而不疑也。"

永叔词，只如无意，而沉着在和平中见。

耆卿为世訾謷久矣，然其铺叙委宛，言近意远，森秀幽淡之趣在骨。

耆卿乐府多，故恶滥可笑者多，使能珍重下笔，则北宋高手也。

晋卿曰："少游正以平易近人，故用力者终不能到。"

良卿曰："少游词，如花含苞，故不甚见其力量。其实后来作手，无不胚胎于此。"

美成思力，独绝千古，如颜平原书，虽未臻两晋，而唐初之法，至此大备，后有作者，莫能出其范围矣。

读得清真词多，觉他人所作，都不十分经意。

钩勒之妙，无如清真。他人一钩勒，便薄。清真愈钩勒，愈浑厚。

子高不甚有重名，然格韵绝高，昔人谓晏、周之流亚。晏氏父子，俱非其敌。以方美成，则又拟不于伦。其温、韦高弟乎？比温则薄，比韦则悍，故当出入二氏之门。

【校记】"出入"，《续修》本作"入出"。

梅溪甚有心思，而用笔多涉尖巧，非大方家数，所谓一钩勒即薄者。

梅溪词中喜用"偷"字，足以定其品格矣。

良卿曰："尹惟晓'前有清真，后有梦窗'之说，可谓知言。梦窗每于空际转身，非具大神力不能。"

梦窗非无生涩处，总胜空滑。况其佳者，天光云影，摇荡绿波；抚玩无斁，追寻已远。

君特意思甚感慨，而寄情闲散，使人不能测其中之所有。

【校记】"不能"，《续修》本作"不易"。

李后主词如生马驹,不受控捉。

毛嫱西施,天下美妇人也。严妆佳,淡妆亦佳,粗服乱头,不掩国色。飞卿,严妆也;端己,淡妆也;后主则粗服乱头矣。

人赏东坡粗豪,吾赏东坡韶秀。韶秀是东坡佳处,粗豪则病也。

东坡每事俱不十分用力。古文、书、画皆尔,词亦尔。

稼轩不平之鸣,随处辄发,有英雄语,无学问语,故往往锋颖太露。然其才情富艳,思力果锐,南北两朝,实无其匹,无怪流传之广且久也。

世以苏、辛并称。苏之自在处,辛偶能到之;辛之当行处,苏必不能到:二公之词,不可同日语也。

后人以粗豪学稼轩,非徒无其才,并无其情。稼轩固是才大,然情至处,后人万不能及。

北宋词多就景叙情,故珠圆玉润,四照玲珑。至稼轩、白石,一变而为即事做景,使深者反浅,曲者反直。吾十年来服膺白石,而以稼轩为外道。由今思之,可谓瞽人扪籥也。稼轩郁勃,故情深;白石放旷,故情浅。稼轩纵横,故才大;白石局促,故才小。惟《暗香》、《疏影》二词,寄意题外,包蕴无穷,可与稼轩伯仲,馀俱据事直书,不过手意近辣耳。

白石词如明七子诗,看是高格响调,不耐人细思。

白石以诗法入词,门径浅狭,如孙过庭书,但使后人模仿。

白石好为小序,序即是词,词仍是序,反覆再观,如同嚼蜡矣。词序序作词缘起,以此意词中未备也。今人论院本,尚知曲白相生,不许复沓,而独津津于白石词序,一何可笑。

【校记】"做景"，《续修》本作"叙景"。　　"但使"，《续修》本作"但便"。

竹山薄有才情，未窥雅操。

公谨敲金戛玉，嚼雪盥花，新妙无与为匹。
公谨只是词人，颇有名心，未能自克；故虽才情诣力，色色绝人，终不能超然遐举。

中仙最多故国之感，故着力不多，天分高绝，所谓意能尊体也。
中仙最近叔夏一派，然玉田自逊其深远。

玉田，近人所最尊奉，才情诣力，亦不后诸人。终觉积谷作米，把缆放船，无开阔手段。然其清绝处自不易到。
玉田词，佳者匹敌圣与，往往有似是而非者，不可不知。
叔夏所以不及前人处，只在字句上着功夫，不肯换意，若其用意佳者，即字字珠辉玉映，不可指摘。近人喜学玉田，亦为修饰字句易，换意难。

【校记】"而非者"，《续修》本作"而非处"。

西麓疲软凡庸，无有是处。书中有馆阁书，西麓殆馆阁词也。
西麓不善学少游。少游中行，西麓乡愿。
竹屋得名甚盛，而其词一无可观，当由社中标榜而成耳。然较之西麓，尚少厌气。

蒲江小令，时有佳处，长篇则枯寂无味，此才小也。

【校记】"佳处"，《续修》本作"佳趣"。

玉潜非词人也，其《水龙吟》"白莲"一首，中仙无以远过。信乎忠义之士，性情流露，不求工而自工。特录之以终第一卷，后之览者，可以得吾意矣。

闺秀词惟清照最优，究苦无骨，存一篇尤清出者。

向次《词辨》十卷：一卷起飞卿，为正；二卷起南唐后主，为变；名篇之稍有疵累者，为三、四卷；平妥清通，才及格调者，为五、六卷；大体纰缪，精彩间出，为七、八卷；本事词话为九卷；庸选恶札，迷误后生，大声疾呼，以昭炯戒，为十卷。既成写本，付田生。田生携以北，附粮艘行，衣袽不戒，厄于黄流，既无副本，惋叹而已。尔后稍稍追忆，仅存正、变二卷，尚有遗落。频年客游，不及裒集补缉；恐其久而复失，乃先录付刻，以俟将来。于虖！词小技也，以一人之心思才力，进退古人，既未必尽无遗憾，而尚零落，则述录之难，为何如哉！介存又记。

附录　周济传记四种

周先生传　　　　（清）丁　晏

先生姓周氏，名济，字保绪，又字介存，号未斋，晚号止（安）［庵］，江苏荆溪人。君之生也，父梦颠僧驱虎入室，及觉，而君坠地，遂以济命名。

幼敏悟，勇于为学，九岁能属文，稍长，深沉有智略，膂力绝人，读书明大义，不屑为章句之学。年二十四，嘉庆甲子举乡魁。明年乙丑，成进士，以对策戆言，抑置丙科，出为淮安府教授，因忧然曰："吾今日始可读书矣。"益自淬厉，求之六经三史，以期实用。深明韬钤，练习营阵图法，暇则纵情诗酒，放浪于江淮间，要其读书精进，未尝一日辍学也。

未几，谢病去官，乃出游求天下之士。得泾包君世臣，以实事相切劘，屏去琐碎，提挈要领，卓然为通儒有用之学。间与包君共学书，肆力北朝碑帖，穷日夜临摹，至髀病，不少倦。窥其用笔，换骨易筋。尝病大王姿媚，唐主好之，沿为习尚，而古意寝微。近世书，惟邓完白山人，篆隶精妙，陵轹古今，书学绝而复续。包君论书之秘，曰峻，曰涩，曰中实。其书变化腾掷，自成一家，时人莫之好也。

又与商丘宋君端己学作画，谓画衰于文、董，而绝于恽、王。因求之北宋大家，得其骨法，纯用墨钩，使笔如铁，著《折肱录》以见志。侨居金陵春水园，模真景八尺幅，每自署曰"春水翁"。作花卉，必折供胆瓶，玩其向背，曲尽写生之妙。君之书画初出，当世颇不谓然，迄今阅三十年，长帧短笺，珍逾什袭，竞为士大夫宝贵矣。

君任侠，好施与，数往来齐鲁晋楚，结纳豪士，击刺骑射，互较所长，君必精其技乃已。君之友宝山令田君，家巨野，有母丧，时豫省贼匪滋事，剽掠曹、滑，田君以道阻不得归，忧形于色。君慨然曰："我为君一行。"挈一仆从，七昼夜至巨野，时贼将平，视田太君丧得无恙。田君复以亏帑失职，君又鬻田产，抵于有司，田君始得释。其好义轻财，急人之难，多类此。方君之之巨野也，道出曹州，猝遇贼党数百人，君下车，持枪击之，仆其前队二人，其被重创走者又十数人，贼惊窜遁去。由是君之名益震。

济南孙公为两江节相，慕君才略，延致之。以淮南北盐枭充斥，拨缉捕费二万金，属君独任其事，令各营副将以下，惟君指麾左右之。时枭党数千人，皆亡命无赖，并力拒捕。君侦知穴巢，要击歼除，不遗馀力。一日，与枭众相持，枭自后将发巨炮，君觉有异，回马抽矢射之，中其巨指，炮不得发，乘势追击之，禽枭众十百人。君长于兵法，不得一展其才，捕戮私枭，甚非所愿，以其拒伤官军，戕害民命，特藉此小试，以张朝廷之威，然非君之志也。会有以激变言于制府者，事寝不行，而君亦决计退休矣。

乙未秋，复起病为淮安校官，垂老著书，折节为儒者行，以读书敦品教士子。淮之人幽光潜德久而未彰者，君牒于大府，举节烈贞孝千有余人，皆旌其间。文庙雅乐久湮，君力为振兴，遴童子之秀良者，教以执籥秉翟，舞蹈之节，吹篪击钟，搏拊之事，凡数月而文物灿然。丁酉，春秋释奠观礼者逾千人。君又节脩脯所入，自输钱二百缗，存质库权子母，为每岁兴舞之用，则复古人之盛事也。

漕帅东阿周公，雅重君之为人。周公擢两湖总督，君遂辞官从之行，抵夏口，婴疾弗瘳，以道光己亥年七月三日，卒于行馆，年五十有九。周公经纪其丧，赙遗甚厚，并刻其《晋略》以传世。

君所著《说文字系》二卷、《韵原》七卷、《介存斋诗》六卷、《味隽斋词》一卷、《史义》二卷，而最著者为《晋略》云。

论曰：君之为《晋略》也，一生精力毕萃于斯。体例精深，因而实创，非好学深思，留心当世之务者，乌能读是书哉！余读其史论，推见治乱，若身履其间，每览一篇，未尝不欷歔流涕。君少有命世之志，既不得意，乃著书以自见，虽述旧文，直同作者。以是为周君之书云尔。岂王隐、臧荣绪之书所可同论乎？

（《颐志斋文钞》，民国四年罗氏雪堂丛刻本）

周止庵先生传 　　（清）沈铭石

先生姓周氏，名济，字保绪，号未斋，晚号止庵，荆溪之画溪里人。父仁，多学，有孝行，梦颠僧驱虎入室而生先生，故以济名。

幼奇慧，九岁能属文。稍长，卓荦自命。好读史，尤好观古将帅兵略，暇则兼习骑射击刺，艺绝精，隐然负用世志。年二十四，魁乡书，明年成进士，以对策言直，置丙科。出为淮安教授，慨然曰："此天将以玉成吾才也！"益发愤，求有用之学，为深博无涯涘。于经史外，凡韬钤、营阵、图法，罔不指次凿凿。无何，引疾去。历之齐鲁晋楚，遇山川形胜、关隘阻厄处，必穷究其要领，不徒作汗漫游。而更隐求当世豪杰士以相切劘。于是交游之中，稍稍知先生有伟略矣。

巨野田君仲衡钧，以才武交者也。仲衡令宝山，有母丧，值豫匪梗道，不得返，泣为先生言。先生恻然曰："友母如吾母，吾请代子行。"仲衡为具徒从，先生曰："道远人众，滋累耳，无庸。"单骑遂往。道出曹州，猝遇贼党数百，先生枪仆其前队二人，被创者又十馀人，贼惊遁。卒至巨野，视田太君丧，无恙而返。并察近县诸利害，得间为当事言之。于是方面重臣亦有知先生非文弱士者。

济南寄圃孙公持节两江，以淮南北盐枭充斥，聘先生任缉私事，令所在营弁得听指挥。先生以兵法部勒，禽击防抚毕当。一日，与枭众相持，枭自后将发巨炮。先生怒马抽矢射之，中其巨指，炮不得发，乘势击之，获百十人。会有尼于制府者，事寝不行，先生遂去。而知兵之名益震大江南北间。

后侨寓白门春水园，与契友泾邑包孝廉慎伯_{世臣}砥砺实学，互相警发也。包深悉水利,先生洞晓兵机。当是时,数吴中士有裨世用者,必首及两人。而先生一腔蕴蓄,磅礴无寄,乃赅括荟萃,著为《晋略》一书,体例精深,识议英特。其诸论赞中,于攻取防守地势必反覆曲折,确有指归,俾览者得所依据。自言此书为一生精力所聚,实亦一生志略所寓也。不得施诸世,因以托之言,岂徒与王隐、臧荣绪辈较其得失短长已哉?

晚复秉铎淮安,磨砻英气,更惬惬为笃行儒。教育之馀,采地之孝贞节烈者盈千人,牒诸大府,旌其闾。庠乐久废,先生遴童子之秀者,教以舞蹈搏击。丁酉释奠,观礼者盈千人,一时称为盛事。

漕帅周文忠公梧村移督两湖,邀先生行,先生犹冀有所奋,去官从之。抵夏口,遇疾卒,年五十有九。周公厚纪其丧,并刊其所撰《晋略》焉。

论曰:先生书宗六朝,画宗北宋,他诗古文词及《韵原》、《字系》诸书,合二百万馀言,而传弗详载者,恐掩其大也。嗟乎!天之生才不数,生才矣,使成为有用之才尤不数。抱负如先生,沉没山林则已耳,亦既策名天府,见知于一二大臣,卒不使为国干城,展尽生平底蕴,而仅仅以柔翰功名终,亦独何哉!亦独何哉!

(缪荃孙编《续碑传集》卷七十七)

书周进士济　　（清）徐士芬

余门人袁生翼佐余校士岭南，尝述其师周进士事，甚奇。进士名济，江南宜兴人。年十八，领甲子乡荐，次年连捷，以知县用。父兄以其性卞急，惧偾事，为请改教职，铨淮安教授，促之到官，然非其志也。

郡守王毂箟箟不饬，济揭诸大府，狱不得直，罢职归。主讲娄东书院，其教士善诱不倦，士乐就之。然非其志也。

时淮楚间盐枭横甚，有司治之无策。济诣制府孙相国献计，从其言，畀以侦缉之任。济素善拳勇，工击刺，枭不敢近，往往弃盐而逃。以所获盐随地鬻之，前后集金无算。会所亲守襄阳，请以所积金招募农人，开垦襄阳旷土若干顷，守不听；而前所逃诸枭结聚楚北，俟其出，将杀之。乃间道归。治宅广陵，甚壮丽，珍物美人皆具。居无何，弃之去，盖亦非其志也。

寻又主讲山左曹州，与总戎饮于郡署。总戎素以骁勇称，酒酣，语多自负。济曰："公勇甚，盍试之？"总戎正技痒，鼓气作势，奋击济，济一挥，应手而仆。负伤惫甚，惭且恚，踉跄而归。郡守恶其失师儒体，辞之。复归维扬，日以醇酒妇人自废。噫，此岂其志欤？

袁生述其躯体伟岸，手大如箕，不类书生者。呜呼，可以想济之志矣。

（缪荃孙编《续碑传集》卷七十七）

荆溪周君保绪传　　（清）魏源

君讳济，字保绪，一字介存，荆溪人。荆溪周氏，皆晋孝侯周处之裔也。君自祖父以上无达者，及君生而敏悟绝人。嘉庆十年举于乡，明年成进士。廷对纵言天下事，字数逾格，以三甲归班，铨选知县，改就淮安府学教授。

岁馀，淮安府知府王毂丁祭至学宫，礼毕，将就殿门外升舆，君力拒之，毂不怿去，君即日移病去。是秋，淮安府山阳县知县王伸汉冒振事发，王毂大辟，所属吏及委员皆诖误，惟君先几得免。

君少与同郡李君兆洛、张君琦、泾县包君世臣以经世学相切劘，兼习兵家言，习击刺骑射。至是益交江淮豪士，互较其长，尽通其术，并详训练营阵之制。时海贼蔡牵出没江浙，宝山知县田钧延君往商海防，因客宝山数载。癸酉春，田君丁母忧，而河南、山东教匪叛。田君巨野人，以母丧在家未葬，邻曹县贼境，身牵官累，弗克归，日夜忧泣。君慨然请代行，约四川武举任子田同往。七昼夜驰行二千里，至巨野，知田君家无恙，乃往来曹、济间，行视郡邑战守之术。途遇曹州贼数百人突至，君与任子田下车，各持一枪，仆其前二人，创其党数十人，众悉遁去。山东盐运使刘清剿贼有名，与君语甚契，欲留君幕下，君以事平谢归。作《山东新乐府》数十章，以代诗史。回至吴门，则田君尚亏官帑四千馀两，檄追甚急。君乃请以己庐十馀间及田五十亩禀官代抵，事始释。

尝过京口，丹徒令屠君倬患居民讼洲田，莫得其实，久不决。君曰："明日可具鞍马夫役，为君行视之。"晨起至洲，先丈量一处，计其步数，乃令役前行，凡若干步即止，马至止所，又令一役前行。自晨至日晡，纵横环绕皆如之，凡八十馀里。还至署，令束取所记，用开方法各乘除之，谓屠君曰："此特以测远法用之方田耳。"诸幕友如言覆核之，尽得其实，遂申报定案。其学有实用如是。

自山左归，寓扬州，两江总督、大学士孙公闻其名，过扬州邀见，舟中纵谈兵事，曰："君，将才也，承平无所试，可姑试诸两淮私枭乎？"君笑曰："诺。"孙公令淮北各营伍及州县听君号令。时淮北枭徒千百为群，器械精锐。君则招诸豪士数十辈，兼募巡卒，教以击刺，月馀皆可用。侦击其大队于安东，屡败禽之，淮北敛迹。然君遂谢事，曰："鹾务不治其本而徒缉私，私不可胜缉也。"

淮南诸商争延重君，遂措赀数万金，托君办鹾淮北。君则以其赀购妖姬，养豪客剑士，过酒楼，酣歌恒舞，裙屐杂沓。间填小乐府，倚声度曲，悲歌慷慨。醉持丈八矛，挥霍如飞，满堂风雨；醒则磨墨数斗，狂草淋漓。或放笔为数丈山水，云垂海立，见者毛发竖，人皆莫测君何许人。尝言："愿得十万金，当置义仓、义学，赡诸族姻，并置书数万卷，招东南士友之不得志者，分治经史，各尽所长，不令旅食干谒废学。"所志皆恢阔难就。

一日翻然悔曰："吾数年一念所误，乃至此。"尽散其赀，谢其党。因自号止安，作五言诗自讼，讼其兵农杂进负初心，遂去扬州，寓金陵之春水园。时道光八年也，年四十七。尽屏豪荡技艺，复理故业，先成《说文字系》四卷、《韵原》四卷，辑平日古今体诗二卷、词二卷、杂文二卷。最后乃成《晋略》十册，则以寓平生经世之学，借史事发挥之，遐识渺虑，非徒考订，笔力过人。深坐斗室，前此豪士过门，概谢不见，前后如二人。

然食贫日甚，遂复就淮安府学教授。适漕运总督周公天爵驻节淮安，亦好讲武，相得欢甚。及擢两湖总督，强同往，许为尽刊所著书。遂以七月三日卒武昌，年五十有九。周制府使人归其丧，葬于荆溪。君无子，嗣其兄弟子二人，皆不能读书。晚年妾苏氏有遗腹子云。

魏源曰：予晚晤君金陵、淮安，冲夷如也，无复少壮时态。时以君所禀受，苟见诸用，庶几周孝侯、卢忠烈之风。即使中年专力学问，不耗于诡奇，所就亦不当止是。君殁次年，海氛讧炽，朝廷诏求奇才之士，欲如君者，海内不可复得。天之生材不易，生之而得尽其用又十不一二，亦独何哉！

（缪荃孙编《续碑传集》卷七十七）

乙未岁，余以初至芜城，日日过红桥履徐园，撷小盘谷叠石之回曲，揖史公祠梅花之浩然。游兴稍歇，思拟典却扬州风物，贷馀年安稳。一日读太夫子驼庵先生《苏辛词说》，记业师迦陵先生谓稼轩以生命书其志意，忽忆周保绪词学中更三变：《词辨》以稼轩为变；《介存斋论词杂著》刻于《词辨》前，而退苏进辛；至《宋四家词选》，乃以稼轩为必经之途。人之持论，或泥而不出，或化而多变，既出乎天分学养，亦关乎时代身世。若化学反应，水电解为氢氧，盐中和于酸碱，面目顿异，而衍变机理历历可寻。周氏胡为乎此？遂动念点校《宋四家词选》，而后录《词辨》谭评。

止庵词学受法于董晋卿，是以《词辨》持论犹二张灯火同炬分爝，以飞卿为正卷第一，并崇姜、张。然至宋四家，是欲试为"回头路"之一种文学史观。即古人所谓返璞归真，元分天机，亦即所谓清真之浑化。广义诗之体式，往往初创即异星缀空。体式既定，则正宗随出，如老杜之于七律。后来者不得不苦寻思力造语别致，以增有限空间信息密度，其力过于棘刺母猴。前人心裁，渐积为套路，如明人论绝句"只今体"类，庸而至此，实做题家之下下乘，有识者恒恶之。何以解也？求诸前贤，复归于体式既定之初。又，同时项莲生《乙稿自序》云："近日江南诸子竞尚填词，辨韵辨律，翕然同声，几使姜、张俯首。及观其著述，往往不逮所言，而弁首之辞，以多为贵，心窃病之。"是知当时姜、张词风，几如今日京剧旦角之有程派。止庵略抑姜、张，即为纠弹时弊。以清真为终途，则如四言欲溯《诗》，五言欲溯十九首也。

以何问途碧山？止庵谓以碧山"胸次恬淡"，无草窗名心，无梅溪心思，而托意高远。此为止庵之词心观。欲推尊词体，发扬词史，则词不得不有寄托，超越一己哀乐。周、史虽技巧多机，然名心过切，心思过密，寄托之发心转堕于沽名利心。而碧山寄寓较实，止庵《杂著》谓其"最多故国之感，故着力不多，天分高绝，所谓意能尊体也"。即为词心高下之判，亦即白雨斋主"词味最厚"之意。

以何历梦窗、稼轩？《介存斋论词杂著》谓："世以苏辛并称。苏之自在处，辛偶能到之。辛之当行处，苏必不能到。"其十年服膺白石，以稼轩为外道，终有一变，以梦窗可药空滑，稼轩有辙可徇，实为纠正时弊之两端：初学，密丽较清空为难，此造语之矫正；既稔，纵横俯局促万仞，此气候之矫正。止庵兼资文武，任侠勇猛，因言输激直，以三甲七十三名同进士，授为淮安府学教授。而有"时俗误儒术，拘迁转相嗤。岂知备文武，乃足为人师"、"进士岁有程，文武无畸轻。柔翰坐易工，技击谁能精"、"挽强果十石，岂贵识一丁"诸句，其于经史之外，亦"练习营阵用法"，以学宫拦轿得罪知府，年馀而去。其人实非哓哓斤斤之文士，大有儒冠可溺之态，必也去小红低唱就万里千秋耳。

《词辨》为止庵嘉庆十七年客宝山令田家教其子所选，时年三十有二，后二十年乃有《宋四家词选》。嘉庆十八年，民变剽掠曹滑，时田母丧不得归，止庵慨然代劳，携一人七昼夜驰行赴巨野，出曹州遇贼数百，创十数人披血突围。田氏复以亏帑失职，追索甚急，止庵鬻田宅抵于有司。两江总督孙玉庭赏其才略，以两万金命率兵追缉盐匪。一日相持，枭众欲从背后发炮，止庵觉知，一箭中炮手。两淮以是盐务稍清。有人以恐其激变言于制府，遂寝。其武勇任侠、机变慷慨，其欲有为而不得为，隐然有稼轩后身姿态。魏默深叹其"醉持丈八矛，挥霍如飞，满堂风雨；醒则磨墨数斗，狂草淋漓。或放笔为数丈山水，云垂海立"。代众豪商营盐务，则购妖姬养豪客；兴尽则遣美人侠士，居春水园，号止庵以止过。噫！小廉曲谨之儒，见之宜毛发耸立也。

　　"非寄托不入，专寄托不出"，是欲有寄托而不欲见斧凿。然寄托之上者，需确有其事实有所感，非可借于古人。碧山寄托，是真亡国有以；稼轩寄托，是真救国无门。止庵卒于道光十九年，二十年即以销烟致寇。史家所谓嘉道中衰、道光萧条，盛世末季，乱竟不远。识者有觉，如定庵谓日之将夕，悲风骤至，山雨欲来，不能尽言，是真有寄托促迫者。四家之设，欲一开方便法门，一荛同时俗气。然同一文体之熵增，是演进不得不尔之规。能为天成浑化者，无须历此途，众则多历之而愈仰赖固定技巧。止庵未必不晓其或不可为真次第渡万世人，而复特选宋四家倡矫一时之弊者，其留待知音欤？

　　是书之发凡起例、校勘补遗、绍介付梓，皆蒙钟锦师兄指示襄助，复赠以前言，叙止庵词学脉络历历分明。维余以二年卧病，事多迟误，而中华书局慨允出版，时羽女史屡加敦促，更精心审校，查漏补缺甚多。简寂兄协助核对原刊，并多予建议。段晓华先生赐示多种相关资料，因择传记之完备精要者四篇为附录。知己师友待我之厚，感愧曷已。至于底本翻检之需，则尤赖国图公藏阅览之便云。

　　　　　　　壬寅正月彭城石任之谨述，时客扬州。